KB261135

프란츠와 클라라

FRANZ ET CLARA
by Philippe Labro

Copyright ⓒ Editions Albin Michel S. A., Paris 2006
Korean Translation Copyright ⓒ 2010 Munhakdongne Publishing Corp.
All rights reserved.

This Korean edition is published by arrangement with
Editions Albin Michel through Imprima Korea Agency.

이 책의 한국어판 저작권은 Imprima Korea Agency를 통해
Editions Albin Michel과 독점 계약한 (주)문학동네에 있습니다.
저작권법에 의해 한국 내에서 보호를 받는 저작물이므로
무단 전재와 무단 복제를 금합니다.

이 도서의 국립중앙도서관 출판시도서목록(CIP)은
e-CIP 홈페이지(http://www.nl.go.kr/cip.php)에서 이용하실 수 있습니다.
(CIP제어번호: CIP2010002527)

프란츠와 클라라

필립 라브로 장편소설 | 박선주 옮김

문학동네

프랑수아즈를 위하여

프랑수아즈를 위하여

"사랑이란 서로 좋아하는 두 사람 사이에서 일어나는 일."

마르셀 프루스트

차례

프 . 롤 . 로 . 그 .

조금 전 나는 책에서 고개를 들어 허공을 가로지르는 흰 나비 한 마리를 바라보았다. 숲이 바라보이는 유리창 너머에서, 나비는 한자리를 맴돌고 있었다.

나비는 곧게 나는 법을 모른다. 너무 가벼워 일직선을 유지하지 못한다. 창밖으로 보이는 나비도 그저 상하좌우로 팔랑대고만 있었다. 그러나 날건 날지 못하건 어느 종을 막론하고 그냥 '아무렇게나' 움직이는 미물은 없다는 걸 우리는 안다. 우리가 미리 준비한 계획에 따라 움직이듯 이 나비에게도 계획이 있을 터. 무언가를 찾아 어디로 가던 중이었는지도 모른다. 정확히 무엇을 찾아? 어쩌면 나비는 아무것도 찾지 않고, 그저 모든 생물의 덧없음을 고스란히 체현해내며 우리 곁을 스쳐 지나간 건지도 모른다.

쌓인 눈 위에 내리는 눈송이처럼, 혹은 물결 위에 인 한 줄기 바람에 미동하는 벚나무 꽃잎처럼 가냘픈 것. 그러나 분명한 사실은 삶의 매 순간이 우리 안에 고정되어 있다가, 어느 찰나 빠져나간다는 것이다.

나는 푸른 숲 가운데 있던 이 하얀색 피조물이 다시 시야에 들어올지, 같은 공간을 두 번 스치고 지나갈지 궁금했다. 그러나 나비는 그러지 않았다. 나비가 머문 찰나는, 나보다 어렸지만 아이라고도 어른이라고도 할 수 없었던 한 소년을 만났던 내 인생의 그 짧은 순간 같다는 생각이 들었다. 조그만 종이봉투를 옆에 두고서 벤치에 앉아 있던 소년, 프란츠.

1부

1

그는 내가 마음에 상처를 입은 뒤로 이어지던 여느 날들과 다르지 않은 어느 오후, 내 삶에 들어왔다.

하나하나 세세히 기억이 난다. 하늘을 닮은 호수의 어둡지만 마음을 진정시키는 물빛, 호숫가 산책길을 따라 줄지어 서 있는 참나무와 아카시아 나무 위에서 날갯짓하며 지저귀는 새들, 멀리서 들려오는 소음. 먼 곳에서 평화로이 들려오던 그 소리는, 호수에서 사십 킬로미터 떨어진 남쪽 지역의 주민들을 실어 대도시 한복판에 내려주는 오래된 기선의 모터 회전판에서 나는 것으로, 부두에 가까워질수록 조금씩 커진다. 정해진 시간마다 부두에 도착하는 흰색과 노란색 바탕의 배는 어떻게 매번

그렇게 조직적인 부산함과 절제된 흥분을 만들어내는
걸까. 여기저기 흩어져 배에서 내리는 이들을 기다리거
나 배에 오르는 승객들을 배웅하는 사람들 무리, 붉은색
과 푸른색 제복을 입고 하역하는 두 남자가 쓴 짙푸른
모자의 흰 가두리가 눈에 들어온다. 사탕 장수와 꽃장수
들, 매일같이 열리는 경매 시장 상인, 도선에서 들려오
는 긴 기적 소리. 너무 날카롭지도 무겁지도 않은, 요즘
은 통 들을 수 없지만 익숙한 그 소리에 도시의 다양한
풍경과 의식과 움직임이 어우러진다.

　시간을 알려주는 광장의 대형 시계처럼, 오래된 기선
의 기적 소리는 시간이 흘러 하루가 이어지고 있음을 알
려준다. 나는 사이렌 소리를 그뒤로 들을 기회가 없었
다. 그것은 아직 어린 소녀였던 내게 아빠가 선물한 내
최초의 바이올린 현들 위로 활이 미끄러지며 내던 소리
처럼, 마음속 깊이 새겨졌다.

　화창한 봄날이었다. 푸른 하늘에는 회색 구름 몇 조각
이 평화롭게 흩어져 있었다. 회색 구름조차도 오후의 풍

경을 바꾸어놓지 못할 거라고 누구든 생각했을 것이다. 전차 레일이 옆으로 지나가는 구시가의 오래된 집들의 푸른 돌판 지붕들이 햇살에 비쳐 반짝거렸고, 집집마다 줄줄이 달린 젖빛 빗물받이 금속 홈통도 반들거리고 있었다. 습기 없이 부드러운 대기 위로, 포근한 산들바람이 능선과 전나무 숲, 흰 봉우리들이 훤히 보이는 산맥에서부터 불어내려왔다.

마음에 상처를 입은 뒤로 구내식당에서 점심을 먹기가 힘겨웠다. 그곳은 주로 오케스트라 단원이나 음악계 종사자, 어시스턴트, 감독, 기술 전문가 들이 드나드는 곳이었다. 지휘자 앞으로 둘러선 단에서 셋째 줄 세번째 파트가 내 자리였다. 나는 그들 한가운데로 들어가 발치에 검은 바이올린 케이스를 놓고 자리에 앉자마자, 별 어려움 없이 연주를 마칠 수 있었다. 반복하고, 다시 시작하고, 듣고, 맞춰보고, 수정하고, 이러이러한 소절 혹은 악장을 필요한 만큼 수차례 연습하고, 리허설 때 처음부터 마지막 악장까지 전부 연결해 최소한 한 번 이상 연주하는데, 그 모든 것이 내 마음에 들었다. 나를 잊는 시간이니까. 하지만 홀을 떠나 일상으로 돌아오면 슬픔을 감추기 힘들었다. 동료들이 눈치채고 나를 지켜보고 있다는 상상을 했다. 어쩌면 내 얘기를 하면서 비웃고 있을지도 몰랐다. 나는 외톨이였다. 그래서 시간만 나면, 곧장 밖으로 나왔다. 악단에 배정된 음악당은 호숫가에 자리잡고 있어 백여 미터만 가면 바로 호수였다.

나는 호수에서 가장 가까운 벤치에 가서 앉았다. 늘 같은 벤치였다. 마치 똑같은 호수의 풍경을, 새벽에 비츠나우에서 항해를 마치고 천천히 돌아오는 배의 한결같은 모습을 바라보는 것이 연약한 나를 회복시켜주기라도 하는 것처럼. 벤치 오른쪽 끝에 호수를 마주 보고 앉아, 점심으로 싸온 사과나 바나나를 먹었다. 어떤 날은 비스킷 몇 조각을 작은 병에 든 물과 함께. 그러고 나면 열두시 삼십분이 조금 넘었다. 음악당으로 돌아가야 할 때까지 한 시간 이상이 남았다. 아무 생각도 하지 않고 머리를 비운 채 타인들의 시선에서 나를 보호하는 시간이.

그날도 봄이 시작되는 아름다운 오후였다. '내 벤치'로 향하는데, 내가 늘 앉는 쪽이 아닌 반대편 끝, 그러니까 왼쪽 가장자리에 벌써 누군가가 자리를 잡고 있는 것이 보였다.

나는 놀라고 다소 신경이 곤두섰다. 나만의 아지트에

누가 침입한 것이다. 아무도 없는 다른 벤치로 갈까도 했지만, 나는 이미 그 벤치에 길들여져 있었다. 지금 내 현실에서 빠져나와 머물 수 있는 장소, 확실한 그 지점에 나도 모르게 길들여져버렸기에 발걸음을 돌리기가 쉽지 않았다. 그곳에 앉아 있을 때 비로소 나는 보이지 않는 문을 열고 마음속 독방으로 들어가 평안을 얻을 수 있었다. 몇 초면 충분했다. 벤치에 앉아 고요한 호수, 평화롭게 물결치는 잔잔한 수면을 바라보며 마음의 상처와 상처를 입힌 사람을 잊는 것이다.

벤치에 가까워지자 멀리서 어른으로 보이던 실루엣이 어린 남자아이라는 게 드러났다. 다가갈수록 실루엣의 주인공은 더 어려졌고, 키와 몸집도 줄었다. 소년이었다. 곤두섰던 신경이 누그러지는 느낌이었다. 어느 정도는. 그러나 나는 침입자나 마찬가지인 소년과 거리를 유지하면서, 얼굴을 보지 않으려고 호수에 시선을 주며 자리에 앉았다. 소년 역시 미동도 하지 않고 어두운 빛깔의 넓은 호수를 응시하고 있는 것 같았다. 우리는 둘 다 부사연스러운 침묵 속에서 꼼짝도 않고 영악한 표정을 짓고 있었지만, 침묵은 몇 초도 가지 못했다. 나를 돌아보는 소년의 시선이 느껴졌다. 이내 아이도 어른도 아닌 또렷한 목소리가 들려왔다.

"당신을 불편하게 할 생각은 아니었어요, 이 자리에 같이 앉아 있는 거요. 오늘은 내가 먼저 왔지만, 이 벤치가 당신 자리라는 걸 알아요. 방해되지 않았으면 좋겠습니다."

나는 소년 쪽으로 몸을 돌렸다.

"괜찮아요. 그런데 그건 어떻게 알았어요?"

그는 말없이 미소를 지었다. 질문을 받자마자 대답하는 성격이 아니라는 걸 금방 알 수 있었다. 우리는 서로를 바라보았다. 젊은 여자인 나와 소년인 그. 그는 열두 살을 넘지 않아 보였고, 나는 스무 살이었다.

그가 말했다.

"점심 먹을 건데, 당신도 그러겠어요?"

2

그의 미소는 목소리만큼이나 맑았다. 그는 다시 한번 조용히 미소짓고는 작은 갈색 종이봉투를 왼손으로 잡고 은박지에 정성스레 싼 샌드위치 두 조각을 꺼냈다.

그가 말했다.

"맛있게 드세요."

어쩔 수 없이 나도 핸드백에서 사과와 간단한 먹을거리를 꺼냈다. 호수를 마주한 이 자유 시간을 함께 나누리라고 그는 이미 결정한 것 같았다.

나는 그를 유심히 살펴보았다. 아이들에게서 가끔씩 보이는 순진무구하면서도 영민한, 모순되는 두 가지 느낌을 주는 사려 깊은 얼굴이었다. 넓은 이마와, 정돈되지 않은 검고 짙은 눈썹 아래 초록색처럼 보이기도 하고 노란색처럼 보이기도 하는 눈, 다소 높은 광대뼈, 곧은 코, 미소지을 때 길게 보조개가 패는 평평한 볼, 근엄함 대신 환한 광채와 직관력이 엿보이는 얼굴의 부분부분. 어떤 청년으로, 어떤 어른으로 성장할지 선명히 보이는 얼굴이었다. 앞으로 만나는 이들을 손쉽게 매료시키고, 사람들의 호기심이나 관심의 대상이 되리라는 걸 예측할 수 있는 얼굴이었다. 그 당시에 낯선 사람의 앞날을 예측하는 것은 내 능력 밖의 일이었다. 그런데 인생은 육체와 얼굴의 언어를 읽고 듣는 법, 그것들이 담고 있는 전조나 위장 혹은 진실을 알아채는 법을 내게 가르쳐주었다. 그즈음 내 신경은 온통 고통에서 회복되는 데만 쏠려 있었다. 벤치에 앉아 있던 그의 모습을 지금 잘 묘사할 수 있는 것은 아마 기억력 덕택이리라. 우리의 기억은 실은 많은 부분 왜곡하거나 파괴하거나 재구성한다. 지금 내가 묘사하는 모습이 실제 그와 닮았는지는 잘 모르겠다. 다만 그의 얼굴을 보고 내가 놀라움을 금치 못했다는 것, 세상과 떨어져 보내는 나만의 시간을 그가 침입자처럼 방해했음에도 짜증스러움이 상당 부분 씻겨나갔다는 것은 또렷이 기억난다.

나는 소년이 단지 오늘 하루 우연히 여기 앉게 된 것이며, 내일부터는 평온과 고요를 되찾을 거라고 생각했다. 소년은 파란색 유니폼 같은 옷에 흰 금속 단추들이 달린 재킷과 같은 색 바지를 입고 있었다. 어린 선원 같은 차림이었는데, 어느 배에서인가 잠시 하선한 견습 선원인지도 몰랐다. 소년은 발이 간신히 땅에 닿았고, 다리를 앞뒤로 규칙적으로 흔들어댔다. 검은 구두에는 은박을 입힌 금속고리들이 달려 있었다. 그가 짧은 점심을 끝내면서 말했다.

"굳이 말하지 않아도 좋습니다. 하지만 난 무례를 범하고 싶지 않아요. 내 이름은 프란츠 크사비어예요. 그냥 프란츠라고 부르세요."

그 말투, 짐짓 어른인 척하는 태도가 나를 미소짓게 했다. 연기였나? 누굴 흉내 냈을까? 이번엔 좀더 오래 소년을 바라보면서 나는 소년이 그저 익살을 떠는 게 아님을 알았다. 그게 소년이 말하는 방식이었다. 나는 그의 게임에 끼어들게 되었다.

"나는 이름을 말하고 싶지 않아요."

그렇지만 묻고 싶었다.

"여기서 뭐 하고 있어요? 학교든 어디든 가야 하지 않아요? 아니면 부모님 계시는 집으로라도?"

소년은 대답하지 않았다. 대신 화제를 바꾸었다.

"나한테 존댓말 쓰지 않아도 돼요. 말 놓으면 나도 그렇게 할게요."

"좋아. 넌 어디서 왔니?"

소년은 손가락으로 다리 건너편 도시를 가리켰다. 그러고는 벤치에서 일어났다.

"이제 가야 할 것 같아요. 기다리는 사람이 있어서. 당신도 그렇겠지요."

"아니, 난 좀더 있어도 돼."

"좋아요. 그럼, 먼저 일어납니다."

"잘 가."

소년은 정중히 고개 숙여 인사했다. 그리고 공처럼 동그랗게 구겨 만 종이봉투를 쓰레기통에 던지고는 뛰기 시작했다. 그는 한가운데로 시가 전차들이 다니는 대로를 향해 부두를 지나 다리 위에서 사라졌다. 다리와 이어지는 구시가의 좁은 골목길에 파란색의 작고 희미한 실루엣이 보이는가 싶었다.

평소라면 벤치에 앉아 왼쪽 가슴에서 쿵쿵대는 떨림을 진정시키기까지 얼마간 시간이 걸렸을 것이다. 사실

호수를 마주하고 혼자 앉아 있는 시간 내내 그것은 완전
히 진정된 적이 없었다. 그러나 그날은 여느 때와는 달
랐다. 프란츠가 떠난 뒤, 나는 갑자기 나타난 그에 대한
호기심으로 고통이 순식간에 사라졌음을 깨달았다.

3

다음 날 날씨도 전날과 거의 비슷했다. 호수의 수면 위로 희고 노란 그림자를 드리우는 똑같은 하늘과 멀리서 빛나는 알프스 산맥.

나는 호숫가로 걸어가면서 아침마다 되살아나는 기억을 지우려 해보았지만 쉽지 않았다. 나 자신으로 돌아가 내면의 고독을 찾으려고 아무리 애를 써도, 다른 사람들의 태도와 시선은 결코 사라지지 않았다. 다른 사람들이 보고 있지 않을 때도 늘 그들의 시선이 느껴졌다.

같은 줄에 앉는 가까운 동료들이 다정하고 상냥한 미소를 보내며 손을 내밀었고, 우리는 뺨을 맞대고 인사를 나누었다. 하지만 왠지 진열대 위에 놓인 채 평가받고

저울질당하고 있다는 느낌을 지울 수가 없었다. 그들이 입 밖으로 내지도 않은 말들이 들리는 것만 같았다.

"아직도 기운 못 차리는 것 좀 봐. 남자친구와 좋을 땐 그렇게 의기양양하더니. 어찌나 당당하던지. 꼿꼿한 자세로 가슴을 펴고 엉덩이를 흔들어대면서 밤새도록 사랑을 나눴다고 온몸으로 과시했잖아. 남자가 안겨준 쾌락의 절정에 올라 충만함과 행복을 누렸고, 그게 몇 시간이나 지속되기라도 했던 것처럼 말이야. 그 모든 것을 우리에게 얼마나 떠벌리고 싶어하던지, 이 좁은 단체에서 어찌나 소리내 외치고 싶어하던지. 양 볼과 눈은 고요하지만 절정에 달한 행복에 젖어 있었지. 눈가에는 거무스름한 그늘이 지고 나른하고 유연한 몸으로 관능적으로 움직이고, 악보대 앞으로 와서는 세심하게 악보를 정돈하면서 키스 때문에 부르튼 입술에 참을 수 없는 웃음을 띠고 있었잖아."

"오늘은 어떤지 좀 보라지. 구부정한 몸과 야윈 얼굴, 창백한 낯빛, 기운도 기쁨도 남지 않은 몸짓과 말투. 사그라진 불빛 같고, 패배자 같잖아."

나는 온몸에 타격을 입는다. 상대에게 얻어맞은 복서처럼 지쳐 쓰러진 내게 그들은 철저히 무관심하고 가혹하리만큼 냉담하다.

오늘 아침처럼 강력한 폭력성은 한 번도 느껴본 적이 없었다. 하지만 탈의실이나 악단석의 열들을 정리할 때는 특별히 별말들이 없었다. 전날과 마찬가지로 나는 울음을 가까스로 참았다. 집중하고 똑바로 서 있으려고 애썼다. 아무것도, 지시나 재연, 연속되는 화음 외에는 아무것도 생각하지 않으려고 애썼다. 독주자는 운이 좋다. 연주하는 순간에는 그것 말고 다른 생각을 할 권리도 틈도 없기 때문이다. 반면 오케스트라 단원은 지휘자가 특별히 지시를 내리지 않는 한, 몇 초간 멍하니 마음을 떠돌아다니게 둘 수 있다. 그러나 경미한 일탈이 큰 피해를 가져온다. 그래도 한 번은 괜찮다. 그러나 두 번, 세 번 리듬이 틀어지면 음악은 멈추고, 단원들은 의아한 표정으로 주위를 둘러본다. 무슨 일이지? 지휘봉으로 악보대를 치는 소리, 실수한 연주자를 향한 지휘자의 날카로운 시선과 희미한 노기. 자, 그리 까다롭지 않아요. 다시 합시다. 단원들의 말없는 질책과 초조함이 감지된다. 고개를 숙이고 정신을 차려 다시 연주. 온 세상이 내 상태에 신경 쓰고 있다는 자만을 거부할 것. 섬세하고 압도적인 연주로 빠져들어 무아와 겸손, 평온을 찾을 것.

나는 돌아가야 할 음으로 정확히 되돌아갔고, 우리는 여러 마디를 연주했고, 연속되는 화음은 다시 조화를 이루었고, 음악과 무관한 이미지와 고통스러운 기억은 잠시나마 모조리 사라졌다. 하지만 그 불쾌하고 씁쓸한 맛은 입술에 남아 아침 내내 사라지지 않았다.

자신을 프란츠라고 소개한 소년은 이미 벤치의 같은 자리에 앉아 있었다. 어제와 똑같은 옷을 입고, 똑같은 자그마한 갈색 종이봉투를 오른쪽에 내려놓은 채, 똑같은 시선으로 호수를 바라보고 있었다. 그가 나를 돌아보고는 특유의 환한 미소를 지었다. 그리고 예의 반쯤 힘차고 반쯤 부서질 듯한 목소리로 말했다.

"이렇게 일찍 올 줄은 몰랐어요."

나는 웃었다.

"우리가 약속을 한 건 아니잖아."

"그래도 기다렸어요. 다른 때보다 천천히 걷던데요."

"내가 어떻게 걷든 신경 쓰지 마."

이번에는 그가 웃었다.

"내가 신경 쓰지 못하게 할 수는 없을걸요. 하지만 방해되면 말해요. 다른 벤치로 갈게요. 원한다면 다신 오지 않을게요."

"그런 뜻은 아니었어, 프란츠."

"말을 놓는 걸 보니 한결 나아졌군요."

"안 좋았다고도 한 적 없는걸."

"그럴 필요 없어요. 다 보여요. 멀리서도."

"농담하지 마. 내 상태가 어떤지 멀리서 네가 어떻게 아니?"

"점심 먹을 시간이에요. 어쨌든 나는요."

프란츠는 종이봉투를 열었다. 나는 그의 팔을 붙잡았다.

"잠깐, 그렇게 슬쩍, 쉽게 넘어가려고 하지 마. 말해 봐, 너 날 지켜봤지?"

소년은 내 거친 동작이 무안해질 만큼 부드럽고 차분하게 내 손에서 팔을 빼냈다.

"예, 그래요. 어느 문으로 나오는지 확인하려고 음악당 쪽을 돌아보고 있었어요. 그런데 오후 시간에는 출구가 하나뿐이죠?"

"그래."

"그래요. 당신이 나오는 걸 봤어요. 여기서 좀 멀긴 해도 같이 시간을 보낸 사람의 걸음걸이는 쉽게 알아볼 수 있잖아요."

"솔직히 우린 같이 시간을 보냈다고 할 수 없어. 어제

이 벤치에서 한 시간, 겨우 한 시간뿐이었는걸."

"그 정도면 충분히 추측할 수 있어요."

확신에 찬 말투가 거슬렸다. 누구든 이처럼 거만하면서도 가식적이지 않고 침착하며 주저함 없이 부드럽게 말하는 아이를 보면 면박을 주고 싶으리라.

"그렇다면, 내게서 뭘 추측했는데?"

"불편한 듯 걷는 모습이 행복해 보이지 않았어요. 뭔가를 떨쳐버리고 싶어하는 것 같았어요."

나는 오전 연습에서 이유 없이 나를 사로잡아 격발했던 망상증을, '다른 사람들'이 나를 보고 있지 않은데도 빈정거림의 시선을 느끼는 불가항력의 성벽을 다시 떠올렸다. 그들의 관심사는 자신의 걱정거리나 행복뿐이었다. 아니면 악보대에 놓인 자신들의 악보든가.

"네 말이 맞긴 해. 하지만 난 그걸 떨쳐버릴 거야."

그는 마음이 놓인다는 듯 만족스러운 미소를 지었다.

"그거 잘됐네요. 그럼 이제 점심 먹어요. 맛있게 드세요."

나는 가져온 사과와 비스킷 몇 개를 먹었고, 그는 봉투에서 샌드위치 조각을 꺼냈다. 삼각형으로 작게 자른, 부드러운 흰 빵 샌드위치였다. 어릴 적 바이올린 레슨을 마치고 선생님에게 칭찬받았을 때 아빠가 상으로 사주었던 그것, "자, 도체스터로 가자. 티타임이다"라고 말하며 도체스터의 고급 제과점에 데려가 사주었던 그 샌드위치와 비슷했다.

우리는 내가 기억하는 그곳에 있다. 아빠는 한 손에 내 바이올린 케이스를 들고, 다른 한 손으로는 내 손을 꼭 잡고서 공원을 가로질러 가고 있었다. 하늘에는 보라색 빨간색 풍선들과 연들이 떠 있고, 자전거 타는 사람들과 말 타는 사람들이 뒤섞여 있는 공원. 야외음악당에서 관악대의 연주가 들리고, 상쾌한 바람이 불고, 풀 향내에는 한낮의 톡 쏘는 맛이 실려 있었지만 몇 시간 후면 이 모든 것들도 눅눅해질 터였다. 아빠와 어린 딸인 내가 함께 있는 장면이 보였다. 내가 그 일부였기에, 그 중심에 있었기에 결코 전체가 보이지 않았던 영상이 재현된 것처럼.

"다른 생각에 빠져 있군요. 무슨 생각을 했어요?"

프란츠의 목소리에 나는 과거에서 빠져나왔다. 그가 옆에 있었기 때문에 나는 돌아올 수 있었다. 이제 그가 달리 보였다. 지금은 아니어도 앞으로 그가 내 인생에서 한 부분을 차지하리라는 것을, 그때 깨달았다.

"그래, 네 말대로 내가 네 나이였을 때를 회상했어. 외국의 어느 공원에 있는 아빠를 봤어."

아빠는 한순간에 푹 쓰러졌다. 바이올린 레슨에서 돌아오던 중 하이드파크 한복판에서. 잡았던 내 손을 놓고. 나는 입김 같은 것을, 잔디밭에 쓰러진 아빠의 몸 위로 지나가는 한 줄기 바람 같은 것을 느꼈다. 바이올린 케이스가 땅에 내동댕이쳐졌다가 다시 튀어오른 듯했다. 나는 아무 소리도 내지 못한 채 무릎을 꿇고 주저앉았다. 비명조차 지르지 못했던 것 같다.

나는 어물댔다.

"아빠, 아빠, 왜 그래요, 아빠?"

아빠는 구슬처럼 동그랗게 뜬 눈을 움직이지 않았고, 아무 대답도 하지 않았다. 그리고 아주 잠깐 몸을 떠는가 싶더니, 영영 움직이지 않았다. 아빠가 돌아가셨다는 것을 깨닫기까지 몇 분이 흘렀다. 누군가에게 도움을 청하려고 몸을 일으켰을 때 한 남자와 여자 둘이 다가왔다. 누군가 친절하게 물었다.

"네 아빠니?"

"예, 아저씨."

"힘내라, 얘야. 안됐지만 아빠는 이제 여기 계시지 않는구나."

나는 잔디밭에 무릎을 꿇고 그대로 있었다. 그 커다랗고 무거운 몸을 감히 안지도 못하고, 그냥 그렇게 옆에 있었다. 수많은 발과 다리들이 우리 주위로 모여들어 빙 둘러쌌다. 군데군데 잘린 말들, 조각들, 반복적으로 속삭이는 단어들, 낯선 목소리들이 중얼대는 가운데. "무슨 일이죠—봤어요—드디어 구조대가 오는군요—누구예요—물러나세요—비키세요—가엾은 아이—누구예요—무슨 일이에요—어떻게 된 거죠—조심하세요—조용히 해……"

그러나 내게 의미 있었던 단 한 마디는, 그 얼굴을 절대 잊을 수 없는 친절한 아저씨가 한 말이었다. 아빠가 쓰러지고 불과 몇 초 후에 그가 나타났다. 그는 몸을 숙여 아빠의 목에 두 손가락을 대보고 프록코트를 걸친 아빠의 가슴을 만져보았다. 숙련된 손, 전문가, 프로페셔널의 절제된 동작. 그는 내 옆에 간신히 쭈그리고 앉아 말했다.

"아저씨한테 맡겨라. 난 의사거든."

"도와주세요, 아저씨. 도와줘요."

"나한테 맡겨라."

잠시 후, 그는 몇 가지를 더 확인하고는 물었다.

"네 아빠니?"

마침내 아저씨는 격식을 갖추어 정중하게 말했다.

"안됐지만 아빠는 이제 여기 계시지 않는구나."

대기는 여름의 냄새들을 머금고 있었다. 예의 바르고 능숙한 남자가 나를 안심시키고 모든 일이 잘될 거라는 희망을 갖게 했고, 제일 먼저 날 도우러 온 사람이 의사였다는 각별한 행운이 있었으며, 바로 그 아저씨가 모든 게 끝났다고 말했기 때문에 나는 소리를 지르거나 아빠를 거기 두고 사람들을 부르느라 분주히 움직이지 않아도 되었다. 나도 그 옆에 누워 눈을 감고 잠들고 싶었다.

그 오후가 끝나갈 무렵, 이젠 영영 다시 가질 수 없는 그 부드러운 흰 빵 샌드위치와 '티타임'에 모든 것이 멈췄으므로.

4

“하지만 벤치로 걸어오면서 그 생각을 하지는 않았
지요.”

“아빠의 죽음을 종종 떠올리지만, 지금 나를 사로잡고
있는 건 그게 아니야, 프란츠.”

“또다른 불행이 있었나요?”

“그래, 또 하나의 불행. 하지만 훨씬 덜 고통스러운 거
야.”

나는 그렇게 대답하는 나 자신에게 놀랐다. 그렇다면
최근에 입은 사랑의 상처가 그리 심각하지 않다고 큰 소
리로 말하기 위해, 하이드파크 잔디밭에서 죽음을 맞이
한 아빠의 이야기를 그에게 한 것일까? 프란츠는 내게

생각할 시간을 더 허락하지 않았다.

"덜 심각하다면, 그 불행은 극복할 수 있겠네요."

"아, 그래? 어떻게?"

"나는 기분이 안 좋으면 모두 지워버리려고 노력해요. 생각을 하나에 집중해요. 모두 잊고 고요한 바다를 생각해요."

"뭘?"

"평온한 바다요. 생각을 하나에 고정시키고 단 한 순간도 그것을 놓치지 않는 거예요. 새 한 마리, 풀 한 포기, 돌 하나, 얼굴 하나, 단 한 가지만요. 그러면 고요 속으로 들어가게 되요. 무無에 이르는 거지요. 자연에 둘러싸여 있을 때보다 도시에 있을 때는 훨씬 힘들지만, 그래도 가능해요. 할 수 있어요."

그는 생각하려는 듯 잠자코 있더니, 다시 입을 열었다.

"절대적인 무에 이르지요. 당신만 좋다면, 언제 우리 앞에 있는, 우리 주위에 있는 무에 대해서 얘기해봐요. 많은 사람들이 그 단어를 입 밖에 내길 두려워하지만 난 아니에요. 당신도 아니었으면 좋겠어요."

"네가 여기 오는 건, 바로 그걸 찾기 위해서니, 절대적인 고요?"

그는 대답하지 않았다. 내가 말을 이었다.

"아까 '기분이 안 좋으면'이라고 했잖아."

그가 잠시 뜸을 들이더니 대답했다.

"네."

"뭐 때문에 기분이 안 좋은데, 프란츠?"

그는 입을 다물었다.

"내가 내 옛날 얘기를 왜, 어쩌다가 하게 됐는지 모르겠지만, 그건 아마도 네가 믿음직해 보였기 때문일 거야. 다른 사람들 같지 않게. 그리고 잘 모르는 아이와 말하는 건 쉬울 것 같아서……"

그가 재빨리 말을 잘랐다.

"애 취급 마세요, 부탁이에요."

"미안해. 하지만 이해해줘. 나는 인생의 한 순간, 끔찍했던 순간을 털어놓았단 말이야. 너도 말해줘야 하지 않겠니. 안 그러면 반칙이야. 계속 얘기를 나누고 싶다면 너도 네 얘길 해줘야 돼."

"그렇겠지요. 내 문제는, 직접적인 물음에 직접적으로 대답할 수 없다는 거예요. 나는 그런 방식에 익숙하지 않아요. 내겐 다른 방식이 필요해요. 그리고 나는 당신한테 당신 인생을 털어놓으라고 강요하지 않았어요. 당신이 그렇게 하고 싶어했을 뿐인걸요."

"아, 아니야. 나도 원했던 건 아닌데, 어쩌다보니 나도 모르게 그렇게 됐네."

그는 환한 얼굴로 고개를 살짝 끄덕였다.

"난, 왜 그렇게 됐는지 알아요."

그는 손가락으로 자기가 가져온 갈색 종이봉투를 가리켰다.

"샌드위치요. 그것 때문이죠? 그것 때문에 모든 게 갑자기 되살아났어요. 현실적이고 평범하기 짝이 없는 어떤 것, 당신을 제외한 다른 모든 사람에게는 평범한 것인데, 그게 어떤 이미지를 떠오르게 한 거예요. 그 이미지가 기억을 건드린 거고요. 이제 그 기억을 어떻게 할 거예요?"

나는 한참 만에 입을 열었다.

"방금 했잖아. 좀더 최근의 다른 기억을 떠올리면서 고통을 상대화하는 거지."

그는 거래를 흡족하게 끝낸 상인처럼 손을 비볐다.

"브라보! 좋아요! 난 여기 그냥 온 게 아니라니까요."

그는 기쁜 것 같았다. 선원들이 입는 것 같기도 하고 군인들이 입는 것 같기도 한, 파란색 중학생 교복 차림의 그는 일어서서 내게 미소지었는데, 얼굴에 팬 보조개 때문인지 순간 어른처럼 보였다. 그는 고개를 숙여 내 이마에 재빨리 입을 맞추고는 전날처럼 달음박질쳤다. 그러나 전날처럼 종이봉투를 둥글게 뭉쳐 쓰레기통에 던져넣지는 않았다. 나는 시간이 가는 것을 느끼지 못했다. 내일은 저 소년에 대해 더 많이 알게 되겠지 하고 혼자 생각했다.

하지만 다음 날 프란츠는 오지 않았다. 벤치는 비어 있었다.

5

실망스러웠다. 우리가 마지막으로 나누었던 이야기를 생각해보았다. 그는 처음 만났을 때처럼 작별인사를 하지 않았다. 연습실을 나서면서부터 나도 모르게 걸음을 재촉했다. 프란츠가 다시 보고 싶었다. 그것, 습관이라는 외양—적어도 그 습관에 대한 욕망—이 서서히 내 안에서 만들어졌다.

그렇지만 나는 내 인생의 나날에 불쑥 끼어든 그 어린 신사에게서 어떤 대답도 듣지 못했다.

그는 어디서 왔나? 그 교복은 또 뭔가? 어느 중학교에 다니지? 어째서 그 시간에 혼자 벤치로 나와 짧은 점심 시간을 보낼 수 있었지? 게다가 그 점심은 누가 싸주었을까? 그 조숙한 말씨와 어휘, 신중하면서도 순진한, 사람을 꿰뚫어보고 더 나아가 궁금증을 불러일으키는 감각, 내가 그를 아는 것보다 나에 대해 더 많이 알고 있으며 내가 모르는 사이에 나를 지켜보고 관찰했다는 묘한 인상은 또 뭐지?

날은 어제보다 더 서늘하고 약간 더 흐렸다. 호수 앞에 앉아 나는 나 자신에게 질문을 던지다가 그만두었다. 프란츠라는 존재가 내게 정말 중요했던가? 이런 질문들은 중요하지 않았다. 내가 궁금한 것은 그가 다시 올까, 그래서 우리의 대화가 다시 이어질까 하는 점이었다.

여자아이든 남자아이든 일정한 나이에 이르면 일종의 비범한 능력, 인생에 대한 통찰력과 무한을 향하는 시선을 갖게 되고, 이런 것들은 사춘기에 접어들자마자 사라진다는 글을 읽은 적이 있다. 프란츠는 그런 재능을 간직하고 있었던 걸까? 벤치에서 두 번 만나는 동안, 그 어린 소년은 내가 그동안 사로잡혀 있던 생각들에서 벗어나게 해주었다. 그가 곁에 있다는 사실에, 나한테 없는 남자 형제 같은 그의 존재에 나는 금방 익숙해졌다.

어머니는 나를 낳은 뒤 숨을 거두었다. 사내아이였던 첫 아이는 사산했다. 나는 그 아이보다 일 년 뒤에 태어났다. 어머니는 내가 세상에 올 때 세상을 떠났다. 아버지는 런던에서 간호사, 가정교사, 젊은 베이비시터, 보모들의 도움을 연이어 받으며 나를 키웠다. 아버지는 내가 바이올린에 관심을 보이고 곧잘 그 악기를 다루게 되어 음악에 엄청난 애착을 보이자, 내게 재능이 있다며 열렬히 격려해주었다. 아버지가 급작스럽게 돌아가시고 나는 고모에게 맡겨졌다. 고모는 스위스에 살았다. 나는 그곳으로 떠났다. 그리고 명문 음악 학교가 있는 호숫가 마을에서 자랐고, 콩쿠르에 입상해 그 지역 오케스트라에 들어갔다.

이렇게 내 인생의 첫 이십 년을 요약하면서 나는 가다, 오다, 떠나다, 도착하다, 라는 동사들을 여러 번 사용한다는 사실을 확인한다. 내 형제는 내가 오기도 전에 떠났다. 내가 온 뒤에 어머니는 갔다. 아버지도 떠났다. 나는 벤치로 오고 벤치에서 간다. 프란츠는 어딘가에서 왔다. 이 짧은 이야기를 시작한 뒤로 벌써 이 단어들을 수없이 사용했다. 어째서 놀라는가, 모든 것은 움직이는데. 내 생각조차 움직인다. 그 움직임은 때때로 설명할 수도 이해할 수도 없지만, 우리를 구원한다. 그것은 삶 자체이다. 부동은 죽음이기 때문이다.

　눈물이 나를 찾아오는 경우는 매우 드물지만, 일단 찾아올 때는 격렬하다. 나는 하이드파크 잔디밭에 쓰러진 아버지 곁에서도, 장례식에서도 울지 않았다. 그 눈물은 한동안 기다렸다가 터져나왔는데, 이틀 낮과 이틀 밤, 이틀 밤과 이틀 낮 동안 나는 멈추지 않고 눈물을 흘렸다.
　밀려나오는 오열과 흐느낌을 달래려고 아버지의 친구들, 친지, 가정교사, 보모가 번갈아가며 내 침대 맡으로 왔다. 침대에 누워 그 끝없이 흐르던 액체를 혀끝으로 핥자 짠맛이 느껴졌다. 나는 눈물이 영원히 마르지 않으며, 눈물을 마시면 다시 눈물이 만들어진다고 믿었던 것 같다. 나는 내 눈물을 사랑했다. 그리고 어느 순간 눈물은 그쳤다. 나를 둘러싼 어른들이 안심이라는 눈길을 주고받았다. 이제 모든 게 진정되고 평안을 되찾았어요, 이 아이도 이젠 충분히 울었고요. 그러나 나는 단지 잠시 숨을 돌렸을 뿐이었다. 나는 온 힘을 그러모아 내 눈물의 샘을 찾아내서는 슬픔을 토해냈다. 상황이 심각해지자 나를 어릴 때부터 봐온 소아과 의사가 왕진을 왔다. 의사는 나를 설득해 입을 열게 하려고 애썼고, 갑자기 나를 붙잡고 흔드는 충격요법을 쓰기도 했다. 그러고 나서 맥박을 짚어보고 심장 박동을 들은 후, 목구멍 안을 들여다보았다. 의사는 어쩔 수 없다는 듯 두 손을 들었다. "그냥 내버려두는 수밖에 없겠습니다. 지치면 그만두겠죠."

그는 한껏 불만스러운 표정을 지으며 얼굴을 잔뜩 찌푸렸다. 그의 붉은색 콧수염에서는 박하 향이 났다. 그리고 내 몸이 결정을 내리자, 눈물이 잦아들었다. 더는 울고 싶지 않았다. 몸에 경련이 몇 번 일더니 정수리, 이마, 눈꺼풀부터 진정되기 시작했다. 그리고 모든 것이 멈추었다.

열두 살이었던 그때, 내 안에 비축된 눈물이 전부 말라버렸는지도 몰랐다. 고모와 함께 스위스로 떠날 즈음에는 눈물이 모조리 흘러나간 뒤였다. 그리고 내 안에 다시 눈물이 모이기까지는 확실히 오랜 시간이 걸렸다. 나는 사랑할 사람, 정을 주고받을 사람 하나 없이 기나

긴 세월을 사랑 없이 보냈다. 고모는 열성과 정성을 다해 나를 키웠고 건강에 세심하게 신경 써주었다.

나는 온 마음을 다해 아버지를 사랑했다. 그만큼 사랑한 사람은 아무도 없었다. 그러니 아버지가 돌아가셨을 때 내 안의 모든 눈물을 쏟아낸 것은 당연한 일이었다. 물리적으로 당연했다. 그리고 스무 살에 이르러, 인생에서 두번째로 마음의 상처를 받고 그 눈물을 되찾았다.

6

그날 아침 음악당을 나오자마자 내 시선은 벤치로 향했고, 거기 프란츠가 앉아 있는 것을 확인했다. 기뻤다. 파란색의 가녀린 작은 동상처럼 등을 보인 채 꼼짝 않고 나를 기다리는 그를 발견하자 내 안에 만족감이 차올랐고 안도감이 들었다. 나는 걸음을 재촉했다. 달려갈 뻔했다.

내가 앉자마자, 미처 인사를 건네기도 전에 그가 말했다.

"어제 못 와서 죄송했어요. 변명하자면 여러 일이 겹쳐서 나올 수가 없었어요. 당신도 내가 궁금했나봐요."

나는 프란츠가 반말과 존댓말 사이에서 망설인다는

걸 알아챘지만, 어느 순간 또는 어느 기분에 어떤 말을 선택하는지는 알 수 없었다. 상당히 세심하고 미묘하게 바꾼다는 것만 느낄 뿐. 그는 자기보다 나이 많은 여인을 대한다고 느낄 때는 존댓말을, 어떤 이유에선지 자기와 동등하다거나 오히려 자신이 더 우위에 있다고 느낄 때는 반말을 썼다.

"너도 내가 보고 싶었구나."

"당연하지 않나요? 그건 그렇고 당신이 무無에 대해 생각할 시간을 가지길 바랐는데."

나는 웃으면서 대답했다.

"아니, 전혀 그러지 못했어. 더구나 네가 말하는 무가 정확히 무엇을 의미하는지 잘 모르겠는걸."

그는 감정이 흔들리는 듯 보였다.

"그건, 정확히 규정할 수는 없어요. 이 벤치와 호수 사이, 여기서 몇 미터 떨어진 저곳은 비어 있어요."

"아니, 공기가 있지."

"그래요. 하지만 공기는 구체적인 규정이고 그다지 흥미롭지 않아요. 과학의 영역이고. 나도 알아요. 측정되고 연구될 수 있다는 걸. 나도 다 안다고요. 공기가 뭐라는 건 누구나 알죠. 하지만 비어 있음, 무에 대해서는 몰라요."

그는 흥분했다.

"그건 추상적인 것이라, 잘 감지되지 않아요. 도처에 무가 있지요. 내가 당신과 헤어져서 뛰어갈 때를 생각해봐요. 실습 시간에 늦었기 때문이지만, 나는 그 순간 무 속을 달리는 거예요. 우리 주위에 있는 그 모든 무에 대해서 생각해본 적이라도 있어요?"

그는 두 팔을 뻗었다. 그 한 동작으로 하늘과 구름, 태양, 지구 같은 무한을 품으려는 듯이.

"이봐, 프란츠. 난 네가 아니야. 나한테 무는 없어. 모든 게 서로 관계있고 연속적으로 이어져 있다고 생각해."

"그건 나도 그런데. 전적으로 같은 생각이에요. 게다가 모든 게 서로 통한다고도 생각해요. 하지만 그렇다고 해서 무가 존재하지 않는 건 아니에요. 무에 대해 생각하지 않는 사람들은 게으른 거예요. 아니면 두려워하는 것이든가. 게으름과 두려움은 같은 거예요. 난 무가 두렵지 않아요. 그것에 대해서 늘 깊이 생각하죠. 잠들기 전까지 내 머릿속을 떠나지 않고, 내가 잠들지 못하게 하는 수많은 문제들 중 하나거든요."

그는 입을 다물었다. 고개를 앞으로 내밀고 두 손으로

턱을 괸 채 팔꿈치를 넓적다리 위에 올려놓았는데, 그에게서 아주 가끔씩만 볼 수 있는 아이다운 모습이었다. 토라진 듯, 심통난 듯한 얼굴로, 시선은 호수 너머 먼 곳을 헤매고 있었다. 그는 일어서더니 한숨을 푹 쉬었다.

"다음에 더 얘기해요. 내일은 안 되겠지요. 토요일이니까. 토요일, 일요일엔 일을 안 할 것 같은데."

"아니야. 콘서트가 두 개 잡혀 있어. 그런데 어째서 넌 우리가 주중에 만나 이 얘기를 이어갈 거라고 생각하지?"

"내가 어리석었어요. 사실 오지 못할 사람은 나예요."

마침내 그가 진심을 털어놓았다.

"난 여기서 거리 몇 개 떨어져 있는, 다리 저편, 커슬러 기숙중학교에 다녀요. 우리 집안에서 선임한 지도교사가(그는 '집안'이라는 단어를 강조했다) 토요일 정오에 데리러 오면 난 그분 댁에서 이틀을 보낼 거예요. 그 저택이 시 외곽에 있거든요."

그는 한숨을 지었다.

"니무 아쉬워요. 콘서트 때 당신 연주를 들으면 정말 좋을 텐데."

"그럴 것 없어, 프란츠. 난 그저 셋째 줄에 앉은 여러 바이올리니스트들 중 한 명이야. 네가 듣는 건 오케스트라 연주지, 내 연주가 아니고. 나는 악단에서 육십번째 단원일 뿐이야. 누구든 내 자리를 대신할 수 있어.”

그가 옆으로 다가와 내 팔을 세게 흔들었다. 나는 그를 천천히 밀어내야 했다. 그가 물러섰다. 흐트러진 머리칼이 그의 이마를 덮고 있었다.

“그러지 마요! 그런 말은 절대 하지 마요. 자기를 비하하지 말라고요, 절대로! 홀 한가운데서 당신이 셋째 줄에 앉아 있든 다른 곳에 앉아 있든, 당신의 바이올린 연주를 알아들을 수 있다고 난 확신해요. 다른 누구도 아닌 당신 연주를요. 제대로 집중하면, 정말로 원한다면 단 하나의 바이올린 소리를 듣게 될 거라고 믿어요. 플루트 소리든 콘트라베이스 소리든 상관없어요. 그저 집중하고, 단 하나의 지점, 단 하나의 것에 온 힘을 응집시키면 돼요. 그게 인생의 열쇠라고요.”

지금까지 그가 이렇게 많은 말을 이처럼 힘주어 하는 것을 듣지 못했지만, 그가 하는 얘기가 그다지 마음에 들지 않았다. 나쁜 기억들이 떠오를 것만 같았다.

“난, 그럴 수 있을 것 같지 않아.”

확신으로 격앙된 그가 연두색 눈동자를 반짝이며 다

시 다가왔다.

"연주하는 사람과 그 연주를 듣는 사람 사이에 끈이 존재하면 가능해요. 내가 보고 싶었다고 했잖아요. 나도, 아까 말했듯이, 당신이 보고 싶었어요. 그 말은, 어제, 적어도 한 번은 우리 둘 다 아주 강렬하게 서로를 생각했다는 걸 의미해요. 안 그래요?"

"그래, 네가 그렇다면."

"어쨌든, 그래요. 당신이 오케스트라 한가운데서 연주를 하면서 그 연주를 듣고 있을, 관객 속의 누군가를 생각한다면요. 그런데 홀엔 좌석이 몇 개나 있어요?"

"아, 천오백 개에서 천팔백 개 정도 될 거야."

"그렇군요, 아주 맘에 들어요. 어쨌든 연주하는 동안, 천팔백 명의 관객 사이에서 오케스트라 연주를 듣고 있을 한 사람을 생각해요. 그 사람은 다른 현악기들 사이에서 당신의 바이올린 소리를 반드시 구별해낼 거예요. 반드시."

이 말을 들은 나는 밝히고 싶지 않은 어떤 이유로 화가 났다. 비슷한 이야기가 떠올랐다.

"프란츠, 바이올린과 관객 사이, 그 홀 안에는 무가 있지 않니? 네가 말한 그 무 말이야. 무는 어디에나 있다고

네가 말했잖니."

나는 완곡하게 말했지만 내심 그를 궁지에 빠뜨리고 싶었다.

그는 환희에 찬 목소리로 소리쳤다.

"그렇지 않아요! 절대 아니에요! 감정이 있으면, 또 음악이 있으면 무는 없는 거예요. 두 사람 사이에 하나의 끈이……"

그는 말을 맺지 못했다. 중단한 듯, 멈춘 듯했다. 그동안 옆에 둔 종이봉투는 까맣게 잊은 것 같았다.

"오늘은 안 먹니?"

내가 물었다.

"네, 먹고 싶지 않아요. 너무 감정적이 된 것 같아요, 지금."

"몇 초 만에 그 단어를 두 번이나 쓰네. 감정이라는 말."

"어떤 단어를 말하고 싶지 않을 때 아주 유용한 단어지요."

그러고 나서 그는 입을 다물었고, 나는 점심으로 비스킷과 복숭아와 자두를 먹었다. 하늘은 맑았고, 오후에 또 리허설이 잡혀 있었지만 나는 별 불만이 없었다. 다시 홀로 돌아가는 일이 불안하지 않았고, 불현듯 동료들의 시선에 더는 신경이 쓰이지 않을 거라는 생각이 들었다. 마치 뭔가가 나를 평온하게 만든 것 같았다. 동시에 벤치를 떠나고 싶지 않다고 생각했다. 프란츠가 옆에 있다는 게 기분 좋았다. 아마도 나이 차가 많이 나기 때문이리라. 질투나 경쟁심, 비교, 평가, 편견, 위험, 거짓말, 상처 같은 것이 침투할 틈이 없었다.

"우리에게 고통은 아주 가끔씩만 찾아오죠. 언제나가 아니라 가끔씩만요. 그건 혼자라는 느낌과 현실이에요."

프란츠가 다시 말을 꺼냈다. 여러 번 그랬듯이, 그는 내 안에 떠돌아다니는 것이 무엇인지 간파한 듯했다. 내가 어떤 상처를 생각하면, 그는 고통을 주는 것에 대해서 말했다.

"물론, 고통에도 익숙해질 수 있어요. 인간은 모든 것에 익숙해지게 마련인 것 같아요. 하지만 이따금 고통은 아주 강렬하고 잔인하지요. 아버지가 돌아가셨을 때 당신도 경험했고, 나도 겪었어요. 나 나름대로. 당신과는 다르겠지만, 지금도 남아 있어요."

직접적인 질문에 대한 답은 바로 할 수 없다던 말이 생각나 나는 그 말이 무엇을 암시하는지 묻지 않았다. 그는 "집안에서 선임한 지도교사"라고 했었다. 그건 또 무슨 뜻일까?

그가 손가락으로 호수 쪽을 가리켰다.

"조금 전 벤치에 앉아 당신을 기다리면서 갈매기들이 날아가는 걸 봤어요. 저 위, 파란 하늘을 날아가는 흰색 갈매기들은 정말 아름다웠고, 보고 있으니 마음이 편안해졌어요. 휴식을 취하는 데는 순간의 아름다움을 느끼는 것만큼 좋은 방법이 없어요. 그렇게 생각하지 않아요? 우리는 늘 순간의 아름다움을 포착할 수 있어야 해요."

그는 명랑한 어조를 되찾았다. 내가 말했다.

"오래전부터 내가 잘 못하던 일이야. 특히 런던을 떠나온 뒤로. 네가 얘기한 걸 나는 다시 경험하지 못하리라고 생각하면서 자랐어. 그러다가 한 사람을 사랑했고 모든 게 바뀌었지. 매 순간이, 그래, 네가 뭐라고 했더라, 아름다웠고 포착할 만한 가치가 있었어. 하지만 그리 오래가지 못했지."

"왜요?"

"왜냐하면, 지속되지 않았으니까."

"흥분하지 마요. 어쨌든 억지로 얘기할 필요는 없으니까요."

"흥분하지 않았어, 프란츠. 두번째로 마음에 상처를

입었던 거야. 그뿐이야.”

“나한테 설명해주겠어요? 마음에 상처를 입는다는 게 무슨 의미인지.”

“미안해, 프란츠. 그건 말로 설명이 안 돼.”

7

나는 스무 살을 막 앞두고 있었고, 검은 눈에, 밝은 색 머리를 길게 늘어뜨리고 있었다. 그 당시 내게 아름답다고 얘기해주는 사람은 아무도 없었다. 어느 날 저녁, 연주회가 끝나고 한 남자가 다가와 말했다.

"루카 바르초니라고 합니다. 당신은 정말 아름답군요."

그는 음악당 뒤 출입구로 나를 보러 왔는데, 보통 관객들은 홀 앞쪽으로 떼 지어 몰려와 유명한 솔리스트나 지휘자에게 사인을 부탁했다. 우리는 다시 무대 위로 불려나가 박수갈채를 받는 유명인들보다 먼저 홀을 떠나기 때문에, 박수갈채가 터지는 그 특별한 순간에 그들과 연대를 느끼기 위해 활로 악보대를 두드렸다. 무엇보다도 그들에게 존경과 감사의 마음을 전달하기 위해서였다. 그들 덕분에 우리도 연주할 수 있었노라고. 가끔은 이렇게 말하는 사람들도 있었다. 우리가 함께 해냈다고. 그들과 함께, 그들 덕분에 보잘것없는 연주자에 불과한 우리가 모차르트, 말러, 베토벤, 바그너 같은 천재 작곡가들의 작품을 관객에게 전해줄 수 있었다고. 연주가 끝나고 지휘자의 팔이 몸을 따라 내려가는 고요한 순간—틀림없이 그는, 그리고 우리는 좀더 오래 이 고요를 존중해주기를 바랐지만, 관객은 기다리지 못하고 감사와 환호의 소리를 질렀다—, 오직 그 순간에 그 임무를 완수했다는 유일한 사실이, 내 일상적 존재만큼이나 공허한 내 사명과 직업에 모든 의미를 부여했다.

그래서, 그 남자는 밤의 철교 위에 걸린 옥외등의 오렌지색 불빛 아래서 다가왔고, 나는 두려웠다. 처음 보는 낯선 사람이 두려웠다. 그때까지 나는 모든 감정과 뜻밖의 일, 우연으로부터 나 자신을 지키며 살아왔다. 하지만 그는 정중했다. 몇 걸음 떨어져 거리를 유지하고, 손을 자기 가슴 높이로 들면서 이렇게 덧붙였다.

"겁내지 마세요. 난 나쁜 사람이 아닙니다. 당신을 해칠 생각은 전혀 없어요. 단지 당신이 아름답다는 걸, 공연에서 항상 관객석 첫 줄에 앉아 있는 날 보더라도 놀라지 말라는 걸 알려주고 싶었습니다. 나는 당신을 보러 올 겁니다."

나는 아무 말도 하지 않았다. 간신히 미소를 지었고, 기분이 좋아져 무슨 말을 하려고 했지만 머릿속에 아무 생각도 떠오르지 않았다. 그가 비켜서서 작별인사로 고개를 숙였다.

"난 열성 팬은 아닙니다. 그저 당신이 아름다워서 그래요. 왜 사람들이 당신에게 그 말을 하지 않는지 모르겠어요. 음악을 들으러 자주 오는 편은 아닙니다. 솔직히 음악 애호가는 아니지요. 친구들이 표를 한 장 줘서 왔다가 연주자들을 둘러보게 되었습니다. 몹시 지루했거든요. 그러다가 당신 미모에 반하고 말았습니다. 이 말을 하고 싶었어요. 그럼, 이만."

그는 뒤돌아서 내게서 멀어져갔다. 그리고 자기처럼 어두운 색 옷을 입은 남녀 몇 명이 모인 작은 무리에 합류했다. 그들의 웃음소리가 여러 차례 들려왔다. 그래서 나는 그 남자가 내기에서 이겼고, 내가 그 내기의 노리개, 그들이 터뜨리는 폭소의 대상이었다고 추측했다.

수치스럽고 나 자신이 혐오스러웠다. 루카 바르초니

의 말과 태도가 내 허영심을 일깨웠기 때문이었다. 일종의 평온과 균형이 배어나오는 그의 몸짓과 목소리는 내 마음을 단번에 사로잡았다. 그처럼 흔한 아첨이라는 함정에 빠져든 것이 후회스러웠다. 나는 곧 스무 살이 될 터였다. 루체른에 온 뒤로 내가 경험한 것이라고는 몇몇 피상적인 유혹들, 그 무엇을 위한 것도 아닌 시작들, 두세 명의 또래 남자들, 무의미하고 어리석은 외출과 몇몇 친분이 고작이었다. 언제나 나는 남자들과의 모든 관계를 스스로 금하며 뒤로 물러섰다.

검은 외투를 입은 훤칠한 실루엣, 절도 있는 걸음걸이, 목소리와 미소에 밴 원숙한 온화함. 루카 바르초니는 군중 속에서도 쉽게 알아볼 수 있는 남자였다. 그의 칭찬은 나를 감동시켰다. 그래도 그들의 웃음소리에 마음이 상해서 그를 잊으려고 했다. 그러나 오래가지 못했다. 예고했듯이 그는 다음번 연주회 때 관객석 맨 앞줄에 앉아 있었다. 나는 그것이 싫지 않았다.

질서정연하게 혹은 무질서하게 무대 위로 스미듯 올라서면, 때로는 금관악기 주자들이, 때로는 관악기 주자들이 현악기 주자들보다 앞서 들어오고, 연주자들은 동료들과 몇 마디 이야기를 나누며 자리에 앉아 제1바이올린 주자를 기다린다. 음악당을 한번 둘러볼 몇 분간의 여유가 생긴다. 대부분의 시간 동안 연주자들 대다수는 관객에게 무관심하다. 모르는 얼굴들, 소곤대는 커플들, 머리통과 머리카락, 드레스와 양복 정장의 열들, 그 머리들 위로 떠다니는 속삭임의 장막, 얼마 후에는 잠잠해질 덧없는 웅성거림. 당신은 무엇보다 그들을 위해 거기 있다. 그건 분명하다. 그러나 또한 당신 자신을 위해, 당신 그룹과 지휘자를 위해 존재하기도 한다. 당신은 그 개인들의 집단에 거의 마음을 쓰지 않는다. 넓고 길게 뒤섞여 있는 계란형 얼굴들과 둥근 얼굴들, 창백한 얼굴들과 화장한 얼굴들에. 그러나 나는 첫 줄을 유심히 살펴보지 않을 수 없었다. 넥타이를 맨 루카 바르초니가 품위 있게 앉아 있었다. 나는 그의 눈을 피했다. 그날 이후 연주가 끝난 뒤 그가 북쪽 출구로 오는 일은 없었지만, 나는 늘 같은 상등석에 앉아 있는 그를 연주회 저녁마다 보았다. 그는 아무 내색도 하지 않았고, 나는 집중력이 흐트러질까봐 고개를 들지 않았다. 하지만 그는 거기 있었고, 그 사실에 대해 나는 내밀하면서도 친근한 만족감을 느꼈고, 그런 상황은 거의 한 달간 지속되었다.

지금은 봄이 끝날 무렵이다. 낮이 길어져서 중간 휴식 시간에 연주자들은 건물 밖으로 나가 담배를 피우든가 그저 호수를 따라 몇 걸음 거니는 걸 즐겼다. 6월의 햇빛은 일 년 중 가장 찬란했다. 은빛 물가에 닿을 듯 내려왔던 새들은 날아오르고, 수면은 한 줄기 미풍에도 찰랑거리며 휘파람 소리를 냈다. 부두에 정박한 배들의 측면, 계곡과 침엽수들과 바위와 사람들을 저 높이서 내려다보는 빙하의 반사광, 그리고 나 자신도 모르게 내 안에 자리잡은 내밀한 욕망. 오후의 햇빛으로 아직 온기가 남아 있는 음악당 정면 내벽에 기대서서, 나는 숨을 고르고 눈을 감고 기다렸다. 내 육체는 오직 기다림 그 자체였다. 1번 부두가 마주 보이는 테라스 테이블에 앉은, '시바Seebar'의 손님들의 소리가 어렴풋이 느껴졌다. 생사生絲 빛깔의 나무 부두 위를 오가는 관광객들의 발소리와, 카트르 캉통 호에 임한 해운회사의 자존심인 오래된 슈타트루체른의 모터 소리가 멀리서 들려왔다. 배의 사이렌이 입항을 알렸고, 나는 배가 선적항으로 천천히 다가옴에 따라 두 갈래로 갈라지는 물이 기름을 머금어

묵직해지는 모습을 상상했다. 아주 가까이서 루카의 목소리가 들렸다.

"여기쯤 어딘가에서, 휴식 시간에 당신을 봤으면 하고 기대했었죠. 어떻게 지내요?"

나는 눈을 떴다. 첫 줄의 인내심 있는 관객, 그 남자의 얼굴에 지난번과 똑같은 그 너그럽고 보호자연하는 미소가 어려 있었다. 그는 공연 후에 함께 저녁을 먹자고 했다. 나는 이성을 잃고 흥분해서 대답했다.

"또 나를 두고 웃으려고요, 당신 친구들과?"

"무슨 말입니까?"

"무슨 말인지는 당신이 더 잘 알겠죠."

나는 분노에 사로잡혔다. 내 마음의 은밀한 한구석에서 간단한 첫인사보다 더 발전되기를 바랐던 그에게 건네는 첫마디가 질책하는 말이어야 했을까? 그는 미소를 잃지 않았지만 나는 마치 한 달 전부터 끝끝내 그를 도발하고, 의심할 바 없이 그의 말없고 교묘한 술책에 그럴듯하게 넘어가주려는 강렬한 욕망을 쌓아두어온 것처럼 계속 몰아붙였다.

나는 끈질기게 계속했다.

"그래요. 당신이 처음 내게 말을 건넨 날, 나를 갖고 장난치고서 친구들과 신나게 웃어대는 거, 다 봤어요.”

그러다가 돌연 말을 멈추었다. 머릿속의 생각을 되는 대로 내뱉는 내 모습이 미련한 여자처럼 느껴졌기 때문이다. 내 비난이 숨기고 있는 사실을 잠시 뒤에야 알아차린 것이었다. 그는 내가 늙은 남편을 나무라는 노파 같았다고 말했고, 나는 우스꽝스러운 행동을 그만두었다. 우리는 웃음을 터뜨렸으며, 그날 함께 저녁을 먹었다. 그날 이후에도 그런 저녁식사가 뒤따랐고, 우리는 곧 연인이 되었다.

한 존재가 세계의 중심, 당신 세계의 중심, 자아의 중심이 되는 그 느낌. 그때부터 내 삶은 충만했고, 일 분 일 초, 하루하루가 다른 속도로 흘러갔으며, 공간과 시간은 더는 이전과 같은 차원이 아니었다. 길게 느껴지던 것이 짧아졌고, 멀게 느껴지던 것이 가까워졌다.

판에 박힌 단조로운 일상, 습관과 고독의 색조들, 기상, 취침, 연습으로 이어지는 변함없이 정확한 일정들, 연주회, 정해진 코스와 익숙한 장소들, 나이 든 고모와

단둘이서 보내는 침묵의 시간, 바랜 색조, 회색 도시, 생동감 없는 색조, 그 모든 것이 지워지고 쓸려갔으며, 일상은 순간순간이 특별해졌다.

쾌락의 놀라움, 기쁨의 색깔들, 몇 시 몇 분 어느 장소에서 알게 되는 하나 이상의 색깔들, 사랑을 하고 사랑에 내맡기며, 그것들이 모여 새로운 모습으로 다시 태어난다. 뜬눈으로 지새운 밤들의 색깔, 푸르스름하게 밝아오는 정다운 아침들, 타인의 몸에 대한 욕망, 그 욕망의 충족, 웃음과 숨김, 숨는 곳, 임시 거처들, 암호와 비밀스런 신호들, 붉고 강렬한 색깔들, 보랏빛들, 뜨겁고 감미롭고 희귀한 색깔들, 그 모든 것이 분에 넘치는 뜻밖의 선물 같았다.

자신의 '사랑에 관한 첫 경험'에 대해 말하는 사람들은 그 평범한 말의 무게를 측정할 수 있을까? 그들은 여기 있다. 그들의 나이와 관습 안에 자리잡고 있다. 수년에 걸친 노동과 축적된 환멸, 단절 후의 화해, 배신과 용서, 또는 시련 속에서도 변함없는 사랑. 사람들은 떠났다가 다시 만나고, 새로운 국면을 맞이해 동요를 일으키다가 후회하고, 진실을 말했다가 거짓을 말하고, 체념하거나 복수한다. 그러다가 갑작스럽게 또다른 만남이나

열정이나 계약, 또다른 육체와 영혼과 맞닥뜨리고 이번
에는 전과는 다를 거라는 약속을 하지만, 그럼에도 가끔
은 모든 게 이전과 똑같다. 그들 누구도 그 최초의 충격
이 내뿜는 눈부신 빛을, 생명력이 넘치는 그 사건을, 그
무엇과도 비교할 수 없는 그것들―성, 육체, 정신, 감
각―을 발견한 힘을 잊지 못할 것이다. 바로 첫 경험이
기 때문에.

물론 그때부터 그 모든 것의 끝이 당신의 마음을 산산
조각낸다.

8

"결국 얘기하는 게 그리 어렵지 않을 수도 있고, 또 그러는 게 나한테 도움이 될 수도 있겠지."

"그래요. 당신은 얘기할 수 있어요."

"그 말은 곧 네게 설명해달라는 얘기겠지만, 난 그럴 수 없어. 설명, 아니 얘기하라는 뜻이겠지. 좋아. 하지만 어떤지 혹은 어땠는지, 왜 그런지 난 말할 수 없어."

"그러면 지금은 어떤 상태인지 말해봐요. 상처 입은 마음에 대해서."

"그건 니체가 『아침놀』 어딘가에 썼던 것과 같아. 니체는 그것을……"

그가 말을 가로막았다.

"그래요, 나도 잘 알아요. 니체가 누군지 잘 안다고요. 하지만 당신은 니체가 아니잖아요. 그는 그일 뿐이고요! 『아침놀』이요? 그건 『즐거운 학문』을 쓰기 바로 전에 쓴, 네번째 작품이죠."

"프란츠, 좀 민감하게 반응하는구나. 네가 박식하다는 걸 과시할 필요는 없어."

"죄송해요."

"마음에 상처를 입는다는 게 어떤 거냐고? 니체가 말했어. '너무 뜨거운 물을 한번에 부어서 금이 간 유리컵 같은 거'라고. 가슴 왼쪽, 그래 심장에 균열이 생긴 느낌이야. 너는 생각하겠지. 잠을 자고 숨을 쉬면, 그런 건 진정되고 해소될 거라고, 그렇게 언제까지나 금이 간 채 있진 않을 거라고. 하지만 그건 진정될 수 없는 거야. 몸에 그 부분만 있는 게 아니니까. 늑골도, 허리도, 가슴도 있어. 오른쪽 가슴도 왼쪽만큼 긴장되어 있어. 깨어져서 무겁게 짓누르고 있지. 한마디로 부서져버린 거야. 상황을 음미할 감각을 잃는 거지."

"상황이라뇨?"

"모든 것 말이야. 잃었다고 생각하는 것들을 인정하고 어떻게 다시 살아가야 할지 자문하게 되지. 혼자 산다는 것, 공백을 지닌 채 산다는 것에 대해서. 그래, 그렇게 사는 것은 가혹하고 쓰라려. 쓰라림을 통과한 사람은 메마르지. 모든 걸 거부하고. 걷는 게 고통스럽고, 먹고 싶지 않고, 잠도 겨우 들게 돼."

"바이올린 켜는 건 어때요?"

"잘 지적했어, 프란츠. 바이올린 연주는 나를 구원하지. 날 구원했어. 난 단 한 번도 연습을 빼먹지 않겠다고 자신과 약속했어. 모두가 침대에 누워 있으라며, 견디고 기다리라며 말리는데도. 하지만 뭘, 뭐가 사라지길 기다리라는 거지? 어쨌든 나는 시간에 맞춰, 가끔은 다른 사람들보다 먼저 도착하려고 노력해. 그들의 시선이 두렵거든. 사랑이 나를 떠나기 전에 나는 그야말로 오만하고 매사에 무관심하고 자존심이 강했어. 그 사랑 때문에 오케스트라, 친구들, 특히 동료들과 어울리지 않았어. 공연이 끝나면 검은 드레스를 입은 여자들과 흰 셔츠에 연미복을 입은 남자들이 무대 뒤, 지하 로비에서 평상복으로 갈아입고 즐기는 시간이 있어. 우리는 현실로 돌아와 웃고 담배를 피우고 때로는 서로 포옹하지. 늘 땀에 젖어 있는 지휘자도 가끔은 그 자리에 나타나. 자신을 사로잡았던 음악에서 완전히 벗어나지 못한 채 거기서 친구들, 지인들, 동료들의 인사를 받지. 사실 지휘자는 여전히 말러, 또는 브람스의 작품에 젖어 있어서 그들의 말이 귀에 들어오지 않을 거야. 단원들이 흩어지기 전에 모두 모여 함께 자축하는 우정의 시간은 감미롭고 아름다운 순간이야. 그런데 난, 그 남자와 사랑을 하는 내내 그런 시간들을 소홀히 해왔어. 그 순간을 지우고 멸시했어. 더 빨리 공연장을 벗어나려고, 더 빨리 약속 장소로 달려가려고, 나를 기다리고 있는 방, 침대로 달려가서 내 욕망을 온전히 채우려고 무대의상을 갈아입지 않은 적도 있었지.

그뒤부터 난 연주 후의 분위기에 다시 합류하기가 아주 어려워졌어. 어디서든 그들의 시선에서, 내가 거들떠보지도 않던 몸짓과 말을 했던 그들의 판단과 빈정거림을 읽게 되었어. 지금은 밖에서 날 기다리는 사람이 아무도 없다는 걸 알기에, 상선들의 램프와 작은 등에 이미 불이 켜져 호수가 그 불빛과 달빛 아래서 반짝일 때도 지하에 머물러. 내게 미소를 보내는 사람 하나 없고, '데려다줄까?' 혹은 '같이 커피 마실래?' 하고 말을 붙이는 사람도 없어. 시끄러운 소리와 사람들의 열기만 있지. 늙으신 고모가 기다리는 집으로 가면 상처가 또다시

되살아나리라는 걸 알기 때문에 나는 그렇게 고독 속에
서 시간을 보냈던 거야."

은 성복하는 만큼 실패에 사로잡혀 있으며, 어김없이 새
로운 사랑을 추구함으로써 그들에게서 빠져나가는 시간
과 그들을 쫓아오는 죽음에 대한 두려움을 감춘다. 하지
만 어떻게 내가 그것을 알 수 있었겠는가. 환심을 사려
는 루카에게 그렇게 쉽게 넘어갔을 때, 나는 그를 만나
기 전까지 결핍과 기다림, 공허감과 사랑받고 싶다는 욕
구 말고는 아무것도 경험해보지 않은 순진한 상태였다.
그들을 알아보기는 얼마나 간단한지, 이제 나는 조금의
착오도 없이 그들을 알아볼 수 있다! 거무스름한 눈가,
친근하고 매력적인 입가의 주름, 환심을 사고자 하는 기
분 나쁜 집착, 시가, 느리게 움직이는 손가락, 두툼한 목
덜미, 아이와 관련된 모든 것에 대한 본능적인 경계심,
유희에 관한 우스꽝스럽고 눈물겨운 심미안, 흉내와 과
시, 우아한 교제술, 추상적 사고에 대한 거부, 외면의 충
실함 뒤에 보이는 덧없음. 그러니까 그 '난봉꾼'들은 서
로 닮았다.
　그날 루카는 늘 입던 파란 와이셔츠에 검은색 편물 넥
타이를 매고, 또 늘 입던 가는 회색 줄무늬가 들어간 어
두운 색 정장에 윤이 나는 검은 단화를 신고 있었다. 그
구두는 항상 잘 닦여 반짝반짝 윤이 났다.

10

나는 말을 멈추고 그 고통스럽고 무미건조했던 날들을 떠올렸다. 프란츠도 잠자코 있었다. 마치 내가 이야기 속으로 더 깊숙이 들어가기를 기다리는 듯이. 호수에서 백조 몇 마리가 먹이를 찾아 평온히 움직이고 있었다.

그때 한 남자가 우리가 있는 벤치 쪽으로 다가왔다. 뾰족한 코가 불그스레했고 머리칼이 셌으며 얼굴은 온화하지만 완고해 보이는 남자였다. 마흔 살은 되었을 터였다. 작은 키에 좁은 둔부, 끌리는 데라곤 없는 평범한 외모였다. 남자는 광채 없는 눈으로 나를 바라보았다.

"앉아도 될까요, 아가씨?"

내가 뭐라고 말할 새도 없었다. 프란츠는 내가 놀랄

만큼 격한 어조로 남자에게 대꾸했다.

"안 됩니다, 아저씨. 보다시피 이 숙녀분과 내가 앉아 있고, 우리는 대화중이에요. 아저씨 같은 분이 끼어들 대화가 아니에요."

깜짝 놀란데다가 기분까지 상한 남자는 움찔 뒤로 물러섰다.

"그렇기는 하지만, 벤치는 이 도시에 사는 시민이라면 누구나 앉을 수 있지, 애야."

"다른 벤치들은 몰라도, 이 벤치는 아닙니다. 이 여자분과 내가 독점할 권리를 얻었거든요."

프란츠가 반박했다.

"그럴 리가?"

"사실입니다. 그리고 나를 '애'라고 부르지 마세요. 안 그러면 저도 당신의 기분을 상하게 하고 당신의 그 생각을 고쳐먹게 할 만한 말을 되돌려줄 테니까요."

소년의 대담함에 남자는 꼼짝 못 했다. 남자의 얼굴은 우스꽝스럽게도 붉게 달아올랐다. 갑작스럽게 놀란데다 가까스로 화를 참느라 남자는 강한 스위스 억양에 느리고 어딘가 좀 우스운 혀 짧은 소리를 냈다.

"아니, 그래도, 그러니까, 당, 당연히……"

프란츠는 늦추지 않았다.

"계속해보세요. 정확히 뭐가 당연하다는 거죠?"

"그…… 그러니까, 따귀를 맞아도 싸겠구나."

프란츠는 냉소를 지었다.

"오! 조심해요! 험악해지는군요. 인격을 모독하면 어떤 일이 벌어질지 아무 생각이 없으시네요. 내겐 길거리에서 난동을 피우는 당신 같은 사람을 대비한 예리한 기술이 있죠. 동양인 사부들한테 배운 덕분에 당신을 바닥에 내리꽂을 수 있다고요."

프란츠는 끝없이 퍼부어댔다. 예기치 못한 상황에 눈이 휘둥그레져서 주춤거리는 어른 앞에서 고개를 뻣뻣이 들고 빈정대는 소년에게 나는 크게 놀랐고, 다른 한편으로는 소리 내어 웃고 싶은 것을 간신히 억눌렀다. 남자는 마지막 힘을 내었다.

"하지만…… 그래, 여기선 그렇게 말하지 않는다."

"난 여기 살지 않아요, 아저씨. 다른 데서 왔고 아저씨 동네엔 관심 없어요. 그리고 도대체 아저씨가 무슨 권리로, 이 동네든 어디서든 사용할 말들을 결정하지요?"

프란츠가 지나치다는 생각이 들었고, 폭력으로 번질까봐 걱정스러웠다. 그러나 남자가 그만두었다. 손짓을 했다. 자기가 패했음을, 그런 능변에는 맞설 수 없음을 인정하겠다는 듯이. 더군다나 아이들이 스스로 다 컸다는 양 어른들에게 말대꾸하지 않는 관습과 나이의 장벽을 그처럼 부인하는 데는 맞설 수 없다는 듯이.

"됐다. 그만 됐어. 내가 가마."

남자는 돌아섰다. 들썩이는 어깨와 실룩거리는 볼품없는 둔부 뒤로 모욕당한 남자의 당황스러움이 묻어났다. 나는 남자가 멀어지길 잠시 기다렸다가, 참지 못하고 웃음을 터뜨렸다.

"보다시피 당신도 웃을 수 있어요."

프란츠가 말했다.

"어쨌든 용감했어. 그 남자가 정말 따귀를 갈길 줄 알았지 뭐야."

"더 심한 일도 겪었어요."

나는 다시 웃음이 나왔다. 잠시 뒤에 진정되었다.

"이렇게 웃어본 지가 그때…… 그러니까, 언제였는지 모르겠다."

"봐요. 울고 있네요. 눈물이 날 만큼 웃었어요."

"이런 건 처음이야. 그때…… 이후론."

"그 표현은 이제 잊어버리기로 해요. 상처 입은 마음,

상처 입은 마음. 됐어요. 이젠 됐어요. 당신의 마음은 이젠 상처 입지 않았어요. 당신도 잘 알잖아요. 이렇게 웃을 수 있고요."

"난 잘 모르겠어. 그렇다고 하기엔 아직 너무 일러."

"하지만 난, 난 알아요."

프란츠가 순수하기 그지없는 단호한 어조로 말했다.

나는 프란츠의 한쪽 뺨에 입을 맞추고는 말했다.

"고마워."

그는 일어섰다. 상당히 급한 몸짓으로.

"늦을 것 같으니 빨리 가야겠어요. 빨리요!"

그는 전속력으로 달려 그곳을 떠났다. 나는 그에 대해 몇 가지를 알고 있었다. 프란츠의 기숙학교는 빅투리아 플라츠 구에 있었다. 그러니까 지름길로 질러가려면, 당시에는 불타기 전이었던 카펠 다리를 건너야 했다. 그래서 나는 행인들과 관광객들을 피하면서, 또 '탁탁탁탁', 발소리를 내면서 나무다리 위를 단숨에 달려가는 그의 작고 민첩한 실루엣을 상상했다. 그의 발소리는 다리 상판의 내벽에 부딪혀 메아리가 되어 들려오리라. 나는 프란츠에게 또 한 번 고맙다는 말을 하고 싶었다. 그러나 그는 이미 저만치 멀어졌다. 이미 다리에 이르렀을

것이다. 나는 그가 미소를 띤 채 달리고 있을 거라고 상
상했다.

11

다음 날, 날씨가 화창했다. 호수에는 백조와 갈매기들이 뒤섞여 있었다. 선명한 붉은빛 부리에 깃털이 검거나 빛나는 청동색인 오리들도 있었다. 처음 보는 종류였다. 멀리, 아마도 호수가 시작되는 플뤼셴에서 왔을 것이다. 삼각주 지역에는 철새들과 가마우지, 황새, 울새, 물떼새들이 넘쳐나는 법이라고 누군가 얘기했었다. 이곳은 천국의 작은 모퉁이 같다고들 했다.

나보다 몇 분 늦게 온 프란츠는 내 양 뺨에 입을 맞추었다. 교실의 분필 냄새와 잉크향이 났다.

내가 말문을 열었다.

"어제 내가 고맙다고 했지. 날 웃게 해줘서. 너와 함께

여서, 네 덕분에 말이야, 이 벤치에서 너랑 얘기를 나누면서부터 말문이 조금씩 열리게 됐어. 내가 사랑이라고 생각한 것을 어떻게 잃었는지도 얘기했지. 너한테 얘기한 게 도움이 됐어."

"다는 아니었어요."

"그건 어려워. 그럴 수도 없고. 누구나 '다 말할' 수 없다는 건 너도 잘 알잖아. 더욱이 그럴 필요도 없지. 중요한 건 네가 날 도왔다는 거야."

그가 눈살을 찌푸렸다.

"왜 '도왔다'고 말해요? 왜 과거형으로 말하죠? 난 지금 당신을 돕고 있어요. 당신도 나를 돕고 있고요."

"어떻게 그럴 수 있는데, 프란츠? 네 얘기는 하지 않는데 어떻게 내가 널 돕는다는 거야? 사실 난 너에 대해 아는 게 전혀 없어. 너는 내가 말할 수 있게 도와주었지. 난 너한테 이야기하는 게 좋아. 그건 정말 큰 도움이 돼. 하지만 내가 널 도울 수 있다고?"

잠시 침묵이 흘렀다. 이윽고 나온 대답은 벌써 깊이, 단어 하나하나를 생각해본 듯, 이미 해봤던 말을 반복하는 듯했다.

"여기 있다는 사실만으로도 당신은 나를 돕는 거예요.

난 날마다 같은 시간에 당신을 만나고 또 당신을 떠나요. 내일 다시 당신을 보리라는 걸 알기 때문이에요. 그것만으로도 나는 충분히 행복해요. 하루하루 똑같은 일상에서 내게 그런 감정을 허락하는 사람은 아무도 없으니까."

우리는 이내 익숙해졌다. 과일, 비스킷, 샌드위치 등 점심거리를 벤치에 펼쳐놓고 돌아앉아 마주 보았다. 프란츠는 다리를 구부려 자기 몸 쪽으로 바짝 당겼고, 나는 몸을 돌려 그를 마주하고 표정을 눈으로 좇았다. 순진함에서 명민함으로, 신념으로 무장한 자신만만한 미소에서 말없는 수줍음으로, 어린아이 특유의 신경질에서 모든 것을 깨달은 전사의 차분함으로 다양한 느낌들이 스쳐 지나갔다. 그의 눈에 전과는 다른 섬광이 스쳤다.

"당신 삶에는 사랑이 없어요. 당신은 두 번 버림받았다고 했어요. 처음에는 돌아가신 아버지에게, 나중에는 당신을 떠난 그 남자에게요. 그런데 당신은 그 남자에게서 아버지의 모습을 떠올린 건 아닌가요, 일종의 대체품처럼?"

나는 프란츠의 말을 가로막았다. 기분이 상했던 것은 분명 그가 정확히 봤기 때문이리라. 하지만 나는 마치 선생이 학생한테 하듯 그의 말을 잘랐다.

"그만, 프란츠. 정신분석은 그만둬."

그는 웃었다.

"정신분석가로 보일 만했다면, 좋아요. 그만 할게요."

그는 좀더 부드럽고 친근하게 목소리 톤을 바꾸고는 내 손을 잡으려고 했다.

"미안해요. 이젠 내 이야기를 할게요."

"드디어!"

"그래요, 드디어…… 내게 없는 것이 뭐냐고요? 당신과 마찬가지예요. 부모님은 날 사랑하지 않았어요. 원하지도 않은 내가 예기치 못한 사고로 이기적인 그들의 삶 속에 들어온 거예요. 두 사람이 서로 헐뜯고 거짓말하고 속이고 싸우고 소리치며 증오하는 모습을 봤어요. 서로 죽도록 치고받는 것을, 별짓 다 하는 것을, 끝까지 가는 것을 봤어요. 유감스럽게도 전부 다요. 그 일이 터지기 전에 날 부모님에게서 멀리 떼어놓았어야 했어요. 당신도 알죠, 매주 오는 지도교사들이요. 그들은 다정하지만 당신한테도 없는 그것을 채워주진 못해요."

"그게 뭔데?"

"왜 방금 말한 걸 또 말하게 하죠? 우리가 공유하지만 다른 누구도 끼어들 수 없는 그것 말이에요. 그것은 두 사람 사이에서 일어나는 비밀, 그러니까 신비로운 거예요."

그는 내 손을 꼭 쥐었지만, 잠시 멍하니 있었다. 그가 시선을 돌렸다. 그래서 나는 그가 내가 알 수 없었던, 혹은 이해할 수 없었던 그 '터져버린' 일에 대해 생각하는 거라고 상상했다. 그는 '신비'라는 말도 했다. 나는 궁금했다. 내 곁에 함께 있어주기 위해, 내 고독을 몰아내주는 대화를 함께 나누기 위해 어디선가 온 것 같은 이 소년에 대해 더 알고 싶은 호기심이 일었다. 아니, 그 의문들에 대한 대답을 그렇게 듣고 싶지는 않았다. 나는 차라리, 그가 자신의 삶에 없다고 말했던 그 애정 같은 느낌에 사로잡혀 있었다. 조숙한 지혜와 어른스러운 단호함으로 무장한 이 어린 소년은 문득 과거의 어떤 장면에서 길을 잃고 약해진 것처럼 보였다.

"'그 일이 터지기 전에 부모에게서 멀리 떼어놓았어야 했다'고? 무슨 일이 터졌는데? '떼어놓았어야 했다'는 말은 그러지 못했다는 뜻일 텐데?"

그가 다시 나를 바라보았다.

"당신도 궁금한 게 많군요. 확실히 우린 통하는 게 많아요."

"그럴지도 모르지. 근데 아직 대답을 안 했어."

"꼭 해야 할 의무는 없죠."

"그래. 하지만 그건 네가 날 신뢰하지 않는다는 걸 뜻해."

그는 고개를 숙여 내 눈을 피했다. 내 손에서 자기 손을 빼내고는 조그만 소리로 말했다.

"물론 난 당신을 신뢰해요. 그 이상이죠. 당신은 듣고 싶어하지 않았지만 내가 말했잖아요. 당신은 날마다 내가 기뻐서 만나고 싶은 사람이라고. 내게는 끊임없이 생각하고, 이해하려고 노력하는 것들이 많아요. 무無나 시간, 무한 같은 거요. 평생이 걸리겠죠. 하지만 호수를 마주하고 이 벤치에 앉아 깨달은 사실은 당신이 행복을 가져다준다는 거예요."

그는 한숨을 쉬었다. 갑작스럽게 피곤이 몰려온 듯이.

"나머지는, 생각나면 나중에 대답할게요. 모든 건 자연스럽게 이루어져야 해요. 흐르는 물처럼요. 필요 없이 억지로 문을 열어선 안 되죠. 갑자기 피곤해졌어요. 그래도 늦지 않으려면 뛰어야 돼요."

"최소한 한 가지만은 말해줘. 어떻게 점심시간에 교복 차림으로 이렇게 밖에 나올 수 있니? 너 혼자만 허락받은 거야?"

그가 뽐내듯 거만하게 입을 삐죽했다.

"지능지수가 높으면, 비정상적으로 높으면 여러 특혜들을 줘요. 하지만 그런 예외도 화창한 날에만 유효하지요. 우리 올겨울엔 뭘 할까요? 어떻게, 어디서 만나죠?"

나는 살짝 미소를 지었다.

"아직은 아니잖아, 프란츠. 겨울이 되려면 멀었어."

"당신을 사랑해요."

그가 속삭였다.

그날 저녁, 내게 아주 특별한 일이 생겼다.

12

그날 저녁 우리는 세계 최고의 소프라노로 꼽히는 가수와 공연을 했다.

"그녀는 슈베르트의 가곡을 불렀어. 물론 우리가 그렇게 명성 있는 예술가와 협연하는 게 처음은 아니야. 당연히 그녀는 오후에 우리와 리허설을 했어. 목소리를 우리와 맞추기 위해서, 아니 우리가 그녀 목소리에 맞추기 위해서였지. 우리는 그녀가 저녁 공연을 위해 가볍게 멜로디만 흥얼거리며 목소리를 아껴두었다는 걸 알았어. 그럼에도, 그토록 감동받으리라고는 예상 못 했지. 나는 가수들이 리허설 때 최상의 기량을 발휘하지 않는다는 걸 잘 알아. 이 소프라노 가수가 오늘날 가장 아름다운 목소리를 가졌다고 인정받는 사실도. 그녀는 격찬을 받았어. 전세계를 돌며 노래하는 그녀에게 세계 어느 연주홀에서나 똑같은 감격과 감사의 환호가 터졌고, 똑같은 앙코르 요청과 꽃다발, 열렬한 박수갈채가 쏟아졌어. 우리는 활로 악보대를 두드리며 환호성과 박수갈채를 보내는 관객과 하나가 되지. 연주가 끝나면 독창자는 두어 번 무대를 퇴장했다가 다시 입장하고 그사이에 우리 연주자들은 서로 얘기를 나누는 게 보통이고, 독창자가 무대에 다시 나올 때 우리는 경의를 표해. 발을 구르는 연주자들도 있어. 어제 저녁 그 소프라노와 우리는 서로 얘기를 나누진 못했어. 나 역시도 그랬지. 그럼에도 나는 몹시 감동을 받았고 변화되는 느낌을 받았어. 흥분에 사로잡혔지. 그녀가 〈밤과 꿈〉을 시작했을 때는 뭔가가 내 안을 뚫고 지나가는 듯했어. 그녀가 노래 부르는 중간에 눈물까지 고였어.”

“연주중에요?”

“너도 알겠지만 가곡에서는 연주가 차지하는 비중이 작잖아. 거의 없다고 보면 돼. 모든 것은 결국 가수의 목소리를 위해 존재하지. 심지어 침묵까지도. 내 상처들, 모든 것을 방기했던 나 자신, 그리고 우울한 감정에서 벗어나는 데 결정적으로 그녀와 그 멜로디가 도움을 준 것 같아. 마치 아름다운 그 노래가 모든 걸 지워버린 것 같아."

"아름다움이라뇨? 아름다움을 어떻게 규정하죠? 도대체 아름다움이란 뭘 말하죠?"

프란츠는 흥분한 듯했다.

"프란츠, 그건…… 무와 무한을 이해하려는 네 시도는 높이 사. 하지만 아름다움은 이해하려 할 필요가 없다고 생각해. 그냥 받아들이면 돼. 아름다움은 이해하는 게 아니야."

"그렇다면, 말해봐요. 당신이 감동받은 것이 어떤 건지 알고 싶어요."

"정말 알고 싶니?"

"잘 모르겠어요."

내가 아는 것은 꽤 단순했지만, 프란츠와 얘기하는 순간에는 표현하기가 굉장히 힘들었다. 잘 묘사할 수가 없었다. 어휘력이 부족했을지도 모른다. 음악 교육을 받으며 자란 나는 말하는 데는 능숙하지 못했다. 이상하게도 그것이 크게 신경 쓰이지는 않는다. 음악이면 족하다.

　연주회가 끝난 그날 저녁 비가 내렸다. 여전히 습한 광장과 무겁고 어두운 호수의 수면에서 모든 것이 빛났다. 파란 가루 같은 것이 하루의 마지막 여행을 시작하려는 상선들의 작은 등을 둘러싸고 맴도는 것 같았다. 나는 그 밤이 사랑스러웠다. 심오한 변화가 느껴졌다. 루카가 결정하고 강요한 결별로부터 나 자신을 지키고 또 망가뜨리려고 스스로 잘못 빠져든 그 오만함, 오케스트라 단원들에 대해 품고 있던 편견, 나의 고독과 틀어박힘, 그 모든 것이 오로지 그 소프라노 가수의 영감 어린 노래와 슈베르트의 〈밤과 꿈〉이라는 비통한 탄식에 씻겨나갔다. 그것들의 진영에서 내가 떨어져나가는 것을 느꼈다. 음악이 그러한 구원이 될 수 있었으므로, 나는 그 무리에서 빠져나와 나 자신에게로 올라가야 했다. 나를 억압하는 것들에서 도망쳐나와야 했다. 내가 숙명이라고 잘못 생각했던 것에서. 그날 밤 솔리스트로서 내 장래가 결정되었다. 이제부터는 익명의 존재나 평균치의 실력, 지휘자와 오케스트라의 일원이라는 자리에서 벗어나기 위해 노력해야겠다는 집요하고도 오만한 생각을 품게 된 것이었다. 나도 언젠가는 그들 앞에, 지휘자 옆에 단독으로 서서 내 악기로 그 소프라노 여가수가 목소리로 만들어낸 것과 같은 아름다움을 표현할 수 있으리라. 턱 아래 목 부분에 바이올리니스트의 자국을 갖고 싶다. 그 자국은 홀로, 따로 떨어져서 악착스럽게 몇 시간이고 바이올린 연습을 하며 한계를 뛰어넘은 솔리스트들에게 나타나는 흔적이다. 몹시 어려운 일임을 안다. 대단한 야망을 품고, 그 길, 노력, 훈련에 들어서는 데 필요한 입문 시험들을 통과해야 할 것이다. 그리고 온갖 것으로부터 되돌아가 다시 시작하고, 본보기를 찾고, 기회를 붙잡아야 할 것이다.

나는 이제 연주가 끝난 뒤 악보대를 활로 두드리며 다른 사람들의 재능에 호응하는 데 만족할 수 없었다. 언젠가는 그들이 나를 위해 악보대를 두드릴 것이다.

"다 자아를 만족시키기 위한 허영심 아닌가요?"

"그렇지 않아. 그런 식으로 날 판단하지 마. 잘 표현하지는 못하지만, 그것보다는 더 강하고 더 차분한 거야. 그건 확신이라고. 음악이 내게 전해주고 내가 다른 사람들에게 줄 수 있는 감동으로 내가 오래전부터 갇혀 있던 상태에서 빠져나올 수 있을 거라는. 있잖아, 음악가들 사이에서 쓰는 상투적인 문구 중에 내가 질색하는 게 있어. 나 같은 바이올리니스트들이 앉는 줄을 '꽃병'이라고 하는 거. 정말 싫어. 난 온 힘을 다해 그 꽃병에서 벗어나고 싶어. 설명이 충분치 않아서 미안해. 근데 그렇게밖에 설명 못 하겠어."

"아주 잘 설명했는걸요. 자신을 과소평가하지 마세요."

나는 프란츠를 바라보았다. 그가 어린 소년이 아닌 듯, 나이 지긋한 삼촌이나 철학 교사처럼 단호하고 안심시켜주는 어조로 자기 의견을 말할 때는 손을 내밀어 볼을 쓰다듬어주고 싶어진다. 당신이라 해도 모성애를 느낄 것이다.

"네가 정말 좋아, 프란츠."

그가 펄쩍 뛰었다.

"그런 식으로 말하지 마요. 난 당신을 사랑하니까요. '정말 좋아한다'는 말은 과장이에요. 아무 의미도 없어요. 누군가에게 '네가 정말 좋아'라고 말하는 건, 실은 사랑하지 않는다는 뜻이에요."

"아니야. 난 널 좋아해, 프란츠."

그는 자리에서 엄숙하게 일어났다. 그러고는 내게 등을 돌린 채 호수 쪽으로 한 발 내디디더니, 돌아서서는 벤치에 앉은 나를 향했다. 법정에서 증인들이 "진실만을 말하겠습니다" 하고 맹세하려는 참인 듯 곧은 자세였다.

"당신에게 고백할 게 있어요."

그는 눈을 감고 숨을 크게 들이쉬었다. 그의 가슴이 부풀어올랐다.

"좋아요. 당신은 벤치에 외롭게 앉아 있는 모습으로 처음 내 인생에 들어왔어요. 당신과 만나기로 결심하기까지 오랫동안 지켜봐왔어요. 봄이 되어 날씨가 허락하자마자 교장 선생님에게 점심시간에 잠시 외출할 수 있는 허락을 받아냈어요. 식당에서 다른 애들과 부대끼지 않아도 되었죠. 학교에서 나는 좀 특별한 취급을 받기 때문에 이런 특권을 얻을 수 있었어요. 도심의 거리들을 지나와 호수 위 오리들과 저편에 보이는 산들과 산 위의 하늘을 보고, 슈나이더 부인이 만들어준 샌드위치를 먹으면서 무한에 대해 깊이 생각할 수 있었어요."

"슈나이더 부인이 누군데?"

"끝까지 들어봐요. 그분은 수위 아저씨의 아내인데,

기숙사 침실과 교내 식당을 관리하세요. 부탁이에요. 내 말을 끊지 말고 끝까지 들어주세요."

그는 이번에는 눈을 뜨고 숨을 들이쉬었다.

"날아오르는 백조들이나 왔다갔다하는 오리들을 보는 대신, 나는 첫날부터 발걸음에 고독이 한껏 묻어나는 한 젊은 여인에게 온통 마음을 빼앗기고 말았어요. 발걸음뿐만 아니라 구부정하니 고개를 숙이고 뭔가에 골몰한 시선으로 사과나 비스킷을 씹는 모습에 어느새 그 여인을 사랑하게 됐어요. 고독 속에 틀어박힌 듯한, 어떤 면에서는 그 고독을 소중히 여기며 그 고립을 사랑하는 것처럼 보이는 여인을 다음 날 같은 시간에, 또 그다음 날에도 보게 되자 호기심은 커져만 갔어요. 난 생각했어요. 나만큼 고독하고, 친구나 동료가 없는 사람들도 있구나. 그 여인은 마치 의식처럼 같은 동작들을 반복했어요. 나는 호기심이 일었고 감동받았어요. 그래서 작은 오페라글라스를 구하기로 했지요."

"뭐라고?"

"그래요. 하지만 탓하지는 마요. 나쁘게 생각하지 말라고요. 부탁이에요. 몰래 엿보는 취미는 없어요. 그저 당신이 뭘 하는지, 당신 얼굴에 뭐가 쓰여 있는지 확인하고 싶었을 뿐이에요."

"나를 염탐했다는 얘기야?"

"아니에요, 절대 그렇지 않아요. 그리고 부탁이에요. 내 말을 끊지 말아줘요. 당신 앞에 이렇게 서 있는 것만으로도 당신에 대한 내 감정을 얘기하기가 무척 힘들어요. 그러니 제발 염탐했다고 말하지 마요. 부탁이에요. 딱 한 번, 당신을 오페라글라스로 봤어요. 봐요, 지금은 갖고 있지 않아요. 당신이 나와 비슷한 사람이라는 것을 알게 된 날 바로 버렸어요. 머리맡 탁자 서랍에 넣어뒀어요."

"어떻게 비슷하다는 거니?"

"글쎄요, 뭔가 결핍된 사람들이라고 할 수 있겠죠. 예를 들면 애정 결핍이죠, 뭐."

"그래서."

"그래서 이렇게 된 거죠."

"이렇게 되다니?"

"당신을 만나고 싶었어요. 그래서 만난 거예요. 우리는 대화를 나누었고, 당신은 조금씩 내게 필요한⋯⋯ 그러니까, 필요해졌어요."

처음으로 프란츠는 알맞은 단어를 찾느라 애쓰는 것

같았다. 오만하지만 뛰어난 논법, 나이에 맞지 않는 말투는 "응, 그러니까, 말하자면"에 자리를 내주며 사라졌지만, 수줍음과 서투름도 그가 '고백'이라 부른 것을 그만두게 막지는 못했다.

"말하자면, 점차, 하지만 급속도로 당신을 사랑하게 됐어요. 당신은 적어도 두 번 버림받았고 이제는 사랑하는 사람도 없으니, 나는 우리가 사랑할 수 있으리라고 결론지었어요. 서로 사랑하는 사람이요. 우린 그럴 수 있을 뿐만 아니라 이미 그렇게 되었어요. 말하자면, 내겐 불가피한 일 같아요. 그렇게 되었으면 좋겠어요. 진심으로 갈망해요. 우리가 연인처럼 사랑하기를. 다른 게 아닌 연인간의 사랑으로 말이에요."

그가 입을 다물었다. 나는 그의 표정에서 일종의 안도와 피로, 그리고 불안을 읽을 수 있었다. 그는 아름다웠고 감동을 주었지만, 나는 뭐라고 대답해야 할지 몰랐다. 그가 자기 이야기를 하기 위해서 일어났을 때부터 그랬던 것처럼 그냥 미소를 지어야 했을까? 그가 미소를 억누르고 있으니 내 쪽에서 미소지었어야 했지만, 비웃음으로, 우월감과 거만으로 해석할지도 모른다는 생각이 들었다. 그에게 상처를 줄까봐 두려웠다. 나는 아무 말도 하지 않고, 중대한 고백으로 경직되고 어색해진 그를 바라보고만 있었다. 그의 엄숙함에 나는 감동받았다. 이 소년은 더는 아이가 아니었지만 어른도 아니었다. 청소년으로 옮겨가는 불안정하고 불확실한 시기였다. 그의 외모, 목소리, 몸짓에서도, 단순히 손이 스치는 것에서도 사춘기가 시작되었다는 기미는 없었다. 모든 것이 완성되기 전이었고, 그에 대해서—그를 '멀리 떼어놓았어야' 했던 사건의 단편이나 그것을 암시하는 것에 대해서—전혀 아는 게 없는 내게는 더욱더 알 수 없는 어린 소년이었다. 그는 내게 호기심을 불러일으켰다. 그의 매력과 진지함, 예사롭지 않은 성숙한 말과 사고에 나는 매혹되었고, 매일같이 그와 시간을 보내며 조금씩조금씩 위로받았다. 그는 미묘하게, 그러나 빠른 속도로 내 일상에서 큰 부분을 차지해갔다. 나는 그를 보기를 기다렸다. 그와 만나서 내 실수들과 상심한 마음, 거절당한 육체, 잃어버린 꿈들을 부분적이나마 잊을 수 있었다. 내가 말없이 가만있자 그가 말했다.

"아무 말도 안 하네요. 좋아요. 당장 대답해달라고 하지는 않을게요."

그가 꿈꿀 수 있는 자양분, 그것은 순수함이었다. 그런데도 그는 냉정을 되찾아 다시 어른인 양했다. 계획적이고 논리적으로 상황을 통제한 듯, 또는 그렇다고 믿는 듯.

"내 말을 잘 생각해봐요. 그리고 내일 다시 얘기해요. 아주 중요하니까."

그는 마지막 말을 반복했다.

"아주 중요하니까요."

중요하다고 말하면서 그는 가슴을 쭉 펴고 눈을 빛냈다. 곧 대로 쪽으로 달려갔다. 나는 그가 자전거와 오토바이를 피하고 시가 전차를 돌아 역사적인 다리 위로 사라지는 것을 보았다. 앞으로 그가 나쁜 일을 겪지 않기를 마음속으로 기도하면서.

"그래, 프란츠. 나도 널 좋아하게 되었고, 넌 내게 소
중한 사람이야. 넌 내 친구가 되었어. 틀림없이 우린 친
구야. 친구들은 서로 사랑하지. 우정과 사랑 사이에는
는 이가 없어."

"아니에요, 차이가 있어요. 난 알아요. 누구나 알고
요. 차이가 있다는 당신도 알아요."

"하지만 프란츠, 진지하게 생각하자."

"마치 나는 그렇지 않다는 말 같네요."

"물론 넌 진지해. 내 말은 네가 요구하는 그건 불가능
하다는 거야. 너랑 나를 봐, 우린 같은 또래가 아니야. 신
체 나이도 다르고. 난 성인이지만, 넌 아직 아니야. 네가

어제 말했던 그 '연인의 사랑'이 가능하지 않다는 것을
알아야 돼. 설령 우리가 같은 또래라고 해도, 이런 문제
는 어떤 계획처럼, 호수를 마주 보고 벤치에 앉아 선언
하고 결정하는 게 아니야. 넌 영리하니까 무슨 얘기인지
충분히 알아듣겠지."

"당신 말에 동의할 수 없어요, 그럴 수 없다고요!"

이번에는 터져나오는 웃음을 참지 못했다. 내가 참았
다고 해도 그는 틀림없이 그 웃음소리를 들었으리라. 그
는 동요하지 않았다. 여전히 단호한 표정과 그 자신 있는
시선, 그 고집스러워 보이는 의지력을 잃지 않았다.

"왜 당신 생각에 동의할 수 없는지 설명하겠어요."

"말해봐, 프란츠."

"내게 나이는 의미가 없어요. 아마도 당신 눈엔 내가
심각해 보일지 모르겠지만, 당신이 사랑의 모험을 피하
려고 나이를 들먹이는 것은 교묘하고 피상적일뿐더러
좀 무례하다고 생각합니다. 밤이 있어온 이래로 인간은
사랑을 주고받아왔지요. 서로가 아무리 다를지라도. 결
국 불가능한 사랑은 없어요."

"그것들은 그저 허울 좋은 말에 지나지 않아. 너와 나
사이에는 네가 아직 넘지 못한 장벽이 있어. 그게 뭔지

104

꼭 집어 말해달라고 하지는 마. 다른 말로 표현하기 어려우니까, 설명을 강요하지 마.”

“아무것도 강요하지 않아요. 난 당신이 말하는 그 장벽을 넘기까지 기다릴 준비가 되어 있어요. 당신의 사랑을 받지 못해도 당신을 사랑할 준비는 돼 있어요. 내가 당신에게 바라는 것은 내 마음을 꺾지 말라는 것뿐이에요.”

번쩍 천둥이 쳤다. 멀리, 동쪽 산맥에서 비바람이 불어왔다. 잿빛 하늘은 금세 검은색으로 뒤덮였지만, 나는 갑자기 몰려오는 구름이나 급격하게 내려간 수온은 아무래도 좋았다. 몇 초 만에 굵은 빗방울이 우리 위로 세차게 떨어졌다. 셀 수 없이 많은 작고 단단한 우박 알갱이들이 뒤섞여 옷에서 튕겨나갔고, 벤치와 손과 얼굴에 툭툭 소리를 내며 떨어졌다. 맞으면 아플 정도였다. 프란츠가 소리쳤다.

“저기 건너편으로 피해요.”

행인들, 다른 벤치에 앉아 있던 사람들, 아이들을 데리고 있던 부모들, 사탕과자와 엽서를 파는 상인들, 몇 안 되는 사람들 모두가 강둑과 기슭으로 흩어져갔다. 급작스런 비바람이 도시에서 전원풍의 짧은 휴식을 즐기는 평화롭고 여유로운 시간을 흐트러뜨렸다. 순식간에 보도를 따라, 그리고 시가 전차 선로에 물웅덩이가 생겼고, 빛이 사라져 밤처럼 어두워졌다. 우리는 손을 잡은 채 천둥 번개를 뚫고 처음 눈에 띈 피난처인 시계 상점의 문을 열고 들어갔다. 프란츠가 파란색 교복 상의를 벗어 내밀며 어깨에 두르라고 했다. 나는 어깨에 두르려고 해봤지만 웃음이 나왔다.

"내겐 너무 작아, 프란츠. 너무 작아."

프란츠는 날카롭고 재빠른 눈초리로 나를 보았고 이내 슬픔으로 표정이 일그러졌다. 경주에 진 기수에게서나 볼 수 있는 표정이었다. 나는 그의 얼굴에서 상처받았다는 표정과 함께 일종의 비웃음을, 순수한 꿈보다 훨씬 더 강하고 가파른 현실 인식을 보았다. 그가 말했다.

"됐어요. 알았어요. 작다는 거 알아요. 이리 주세요."

통행이 뚝 끊어졌다. 아무것도 보이지 않았다. 보행자도, 오리도, 백조도, 갈매기도 사라졌다. 비는 점점 더 거세졌다. 강둑, 나무들 사이의 오솔길, 역, 큰 파도들이 넘실대는 호숫가, 모든 곳이 텅 비어 있었다. 물은 거무스름했고, 오래된 기선 두 척은 앞뒤로 요동치는 것이, 평소 같은 항해를 감당하지 못하는 듯 보였다. 나는 프란츠와 키를 맞추려고 반쯤 무릎을 꿇고 몸을 구부려 그의 얼굴을 들여다보았다. 그의 광대뼈와 머리칼, 이마에서 빗물이 흘러내려, 눈 아래로 흐르는 것이 눈물인지 빗물인지 구분할 수 없었다. 하지만 그는 미소를 띠고 있었다. 잘생긴 얼굴이다. 그를 알게 된 후 처음으로 우리는 몸을, 볼을 맞대고 있었다. 내가 양팔로 그를 꼭 껴안는 동시에 그가 내 목에 팔을 둘렀다. 우리는 그렇게 얼싸안은 채 몇 초간 꼼짝도 하지 않고 아무 말도 없이 가만히 있었다. 잠시 후 프란츠가 물러났다. 나도 일어섰다. 그가 나를 향해 고개를 들었다.

"갈게요."

"아직 비가 많이 와. 좀더 기다리자, 안 그러면 다 젖을 거야."

"안 돼요. 너무 늦기는 싫거든요. 그럼, 내일 봐요. 그게 좋겠어요."

그의 교복 상의 매무새를 고쳐주다가, 목둘레에 파란 바탕천으로 덧댄 안감에 붉은 실로 수놓은 F.X.V.H.라는 이니셜을 보았다.

14

비바람은 곧 잠잠해졌다. 몇 차례 강한 바람이 호수의 수면과 회색 지붕 위의 대기를 휩쓸고 지나갔다. 천천히 다시 시작되는 듯 보이던 일상적인 활동들도 곧 제 속도를 찾았다. 돌풍이 몰고 온 짙은 어둠 속으로 급작스럽게 사라졌던 햇빛도 금세 돌아왔다. 갈매기들이 다시 끼룩거리고, 슈타트루체른 선의 사이렌이 승객들을 부르며 울려 퍼졌다. 콘서트홀로 돌아가야 할 시간이었다.

행인들이 온갖 곡예를 펼치며 뛰어넘어야 하는 커다란 물웅덩이들이 없었다면, 지나가는 차들이 보도에 튀긴 칙칙한 물방울 자국들이 없었다면, 무엇보다도 젖은 포석 위에 전속력으로 떨어진 수많은 작고 흰 우박 알갱

이들이 없었다면, 폭풍우가 눈 깜짝할 사이, 몇 분도 안 되는 동안에 강렬하고 매서운 기세로 모든 것을 덮으며 지나갔다는 사실을 믿을 수 없었을 것이다. 마치 어떤 낯선 힘이 우리에게 변화가 다가옴을, 예기치 못한 변혁이 다가옴을 알리려고 기이한 방식으로 찾아온 것 같았다.

동료들이 있는 음악당으로 오니, 단장이 나를 보자고 했다는 말을 한 동료가 전해주었다. 단장은 단원들을 살피는 일종의 총 관리자로 눈빛이 따뜻하고 말투가 느리고 부드러운 사람이었다. 내게는 늘 호의적이었다. 그는 오케스트라가 해외 연주 여행을 떠날 것이며 나도 그 여행에 합류하게 되었다고 알려주었다. 그리고 런던에 체류할 때, 장학금과 숙련 과정을 신청할 수 있다고도 했다. 일전에 소프라노 가수의 슈베르트 가곡을 듣고 충격을 받아서 내가 문의했던 내용이었다. 오케스트라 단원 자격을 포기하면, 기회가 있었다.

자상한 단장이 출신 고장 특유의 느린 말투로 말했다.

"그런데 말이야, 자네가 하려는 일은 좀 드문 것이네.

오케스트라 단원의 기량이 솔리스트 수준까지 올라가는 경우는 거의 없다는 건 자네도 잘 알지 않나?”

“네, 알아요.”

“물론, 그렇다고 자네를 막는 것은 아니네. 하지만 결국, 적성도 타고난 소질과 재능의 문제가 아닌가. 자네가 오케스트라를 일찍 떠나든 그러지 않든 다 이유가 있겠지. 우린 인생에서 할 수 있는 일을 하고, 할 수 없는 일은 하지 않을 뿐.”

나는 아무 대꾸도 하지 않았다. 그는 나를 단념시키거나 비난하려는 것이 아니었다. 내가 열두 살 때 무엇 때문에 그토록 박탈감에 시달렸으며 모든 것을 그만두고 포기하게 되었는지 그에게 얘기하고 싶지 않았다. 사실 이유가 있었지만 나 혼자만 간직했다.

나는 그후로 한 번도 가지 않은 런던을 생각했다. 사라진 내 유년기의 공간, 아빠를 묻었던 런던을 생각했다. 한 번도 꽃을 가져다놓은 적이 없는 묘지와 무덤이 떠올랐다. 이것 또한 하나의 신호라는 생각이 들었다. 나는 단장에게 감사하다고 말했다. 몸에 밴 친절한 태도로 그가 말했다.

“행운이 함께하길, 좋은 여행이 되길 바라네.”

저녁때 고모에게 이 사실을 알렸다. 이틀 뒤에 출발할 예정이었다.

나는 미련 없이 루체른을 떠날 준비를 했다. 오랫동안 이 호수와 구름들을 다시 보지 못한 채 다른 곳에서 내 인생이 바뀌고 다시 형성될 거라는 예감이 들었다. 내게 육체적인 사랑을 가르쳐주고 마음의 상처를 입힌 루카를 다시는 보지 못할 것임을 알았다. 시간이 흐르면 잊을지도 모르지만 내가 작별인사를 하고 싶었던 유일한 사람이 있다는 것도. 벤치에서 몇 번 만나는 동안 신비롭게도 내 상처들을 아물게 해준 유일한 사람, 그 작은 어른 아이, 아이 어른.

프란츠, 그에게 무언가의 마지막을 이런 식으로 알리는 것이 불현듯 두려워졌다.

15

여름으로 접어들었다. 프란츠를 만난 것은 봄이 다 지나갈 무렵이었다. 낮이 점점 길어지고 더워졌다. 남자들은 셔츠 바람이었고 여자들의 치마는 얇았으며, 아이스크림을 파는 포장마차 상인 둘이 부둣가 앞에 있는 광장 한복판에 자리를 잡았다. 대기중에는 사과인지 미라벨인지 알 수 없는—아마도 호수나 산에서 풍겨오는 듯한—향이 배어 있고, 과일과 식물 향도 주위를 떠돌다가 무슨 향인지 확인할 틈도 주지 않고 돌연 사라졌다.

"프란츠, 나 여길 떠나."

"뭐라고요?"

그는 나보다 먼저 와 있었다. 음악당을 나서자마자 벤

치에 앉아 있는 그의 뒷모습이 눈에 들어왔다. 처음에는 나를 화나게 했던 그가 이제 친숙해지고 기다려지며, 미소짓게 했다. 이것이 프란츠의 미덕 중 하나였다. 그는 나에게 미소를 되찾아주었다. 미소의 맛과 미소짓고 싶다는 마음을. 그는 내게 삶의 의욕을 되찾아주었다. 이상하게도 그와 만난 뒤로 시간이, 나의 시간이 변했다. 나도 의식하지 못한 사이에 선택들이 이루어졌다. 그런 선택을 하는 데 프란츠는 아무런 영향을 미치지 않았는지 모른다. 아니, 어쩌면 미쳤는지도 모른다. 그렇게 프란츠는 내게 전환점이 되었다.

그의 친절함, 조숙한 언어 뒤에 감춰진 연약함, 행동과 인품에서 풍기는 매력. 그가 건넸던, 그리하여 내가 나 자신에게 던져본 질문들은 여전히 남아 있었고, 나는 무슨 이유에선가 그를 사랑했다. 이상한 사랑이었다. 그 사랑에는 묵계, 다정함과 유머로 채색된 일종의 합의, 고독의 공유, 어떤 고통이나 대립도 결코 끼어들지 못하리라는 확실한 신념이 섞여 있었다. 그것은 아무런 위험도, 약속이나 요구도 없으며 미래도 없는 사랑, 지나가는 과도기의 비현실적이고 추상적이며 행동 없는 사랑, 하늘 아래 두 사람 사이를 오가는 한 마리 나비의 비상이었다.

나는 날마다 오전 연습이 끝나기 한 시간 전부터 프란츠와 만날 생각을 했고, 그 역시 수업이 끝나면 우리가 벤치에 앉아 나눌 얘기를 생각할 터였다. 그런데 갑자기 모든 것이 변했다. 단장이 해외 연주 이야기를 꺼낸 뒤로 나는 나 자신이 어떤 낯선 것에 덥석 붙잡혀 흥분의 절정에 이르렀다가 차츰 내려오면서, 내 인생의 다음 장에 대한 호기심에 사로잡힌 것을 느꼈다. 대부분이 그런 것처럼 나 역시 미래에 대해 아는 바가 전혀 없었다. 그저 호숫가를 떠나 낯선 바다로 갈 것이며, 그 때문에 떨린다는 것뿐이었다. 그 느낌이 너무 강렬해서 프란츠와 나누고 싶을 정도였지만, 그가 슬퍼할까봐 걱정되었다. 그래도 떠난다는 사실을 알려야 할까? 아니면 적당한 때를 기다려야 할까?

그는 내게 얘기할 기회를 거의 주지 않았다. 내가 끼어들지 못하게 하려는 듯 부지런히 말을 해댔다. 앞으로 일어날 사건에 대해 놀라운 예지력이라도 있는 듯 내가 뭔가 중요한 얘기를 할 것을 꿰뚫어보았다. 아니면 내 얼굴에서 뭔가를 읽었을까?

"물론, 그래요. 물론."

얼굴을 마주하자마자 서두도 없이, 뺨에 입맞추는 인사도 없이 샌드위치 봉지를 벤치에 내려놓고 그는 말을 꺼냈다.

"물론 우리는 사랑하는 두 사람이 하는 것들에 대해 온갖 물음을 제기할 수 있어요. 사실 모든 일에 의문을 품을 수 있어요. 하기야 그건 내 문제예요. 그것이 우리를 다른 사람들과 구별되게 하기도 하고요."

"우리라고?"

"예, 조숙하잖아요. 얼마 전부터는 뭐라더라? 아, 지능이 높다고 하죠. 마침내 적당한 말을 찾아냈어요. 괜찮은 단어예요. 지능이 높다. 그래요, 난 지능이 높아요. 우리 학교의 학생 수는 그리 많지 않은데 내 지능은 보통 아이들과 달라요. 그래서 나 같은 아이들은 또래보다 높은 학년으로 배정받아요. 그 절차는 대단히 복잡해요. 그럼에도 우리는 어떤 환경에 처해도, 주의력을 분산시켜도 늘 질문을 해대며 모두를 귀찮게 하죠. 행성들은, 우주는, 무와 무한은 왜 존재하는지 물으면서요. 그러다가 결국 소리 내어 질문하는 것을 멈추지요. 하지만 마음속으로는 질문을 계속해요. 사람들은 빅뱅이 있었고 그로부터 모든 게 생겨나고 만들어졌으며 우주가 탄생

했다고 설명해요. 하지만 내가 궁금한 것은 이런 거예요. 그 빅뱅 이전에 무엇이 있었는가? 무란 무엇인가? 당신에게 묻고 싶어요. 태고의 밤에 비어 있음이, 무가 존재했을까요? 우주가 생기기 전에 무가 존재했을까요? 우주의 역사에서 역사가 존재하지 않는 순간이 있었을까요? 우리가 무를 상상이나 할 수 있을까요?"

"어떤 대답을 기대하는 거니?"

"만족스러운 답이 없는 질문들이라서요? 아니면 중요한 물음이라 대답할 게 많아서인가요? 아니에요. 할 수 없지요. 사람들은 자신에 대해서 의문을 가져요. 왜 나는 이런 존재일까? 왜 나는 이런 과도한 재능을 타고났을까? 왜 아무도 그걸 알아채지 못했을까? 내가 다른 아이들과 같지 않다는 걸 알아채기 위해서는 내 인생에 그 끔찍한 사건이 일어날 때까지 기다릴 수밖에 없었나? 아니면 그 사건 때문에 내가 이렇게 되었나?"

"무슨 사건 말이니? 무슨 일이 있었는데? 부모님은 어디 계시니? 부모님은 어떤 분들이야?"

대답을 기대하지는 않았다. 예상대로 그는 입을 다물었다. 그는, 밤에 잠들기 전 어른의 몸과 어깨를, 팔과 그들의 품을, 그 묵직한 느낌과 온기를 찾는 아이 같은 몸짓을 했다. 눈을 감고 내 팔에 몸을 기대왔다. 나는 그의 검은 머리칼을 쓰다듬었다. 그가 내게서 떨어져 옆에 다시 앉기까지 긴 몇 분이 지나갔다. 그에게 말해야 할 때였다.

"프란츠, 나 여기를 떠나."

"뭐라고요?"

"여길 떠나. 이건 내게 기회이자 의무고, 어떻게 할 수 없는 사실이야."

"그게 무슨 말이에요?"

나는 모두 얘기했다. 그는 미동도 하지 않고 매우 집중해서 귀를 기울였고, 이야기가 계속될수록 점점 크게 미소지었다. 처음 봤을 때부터 나를 매료시켰던 보조개 팬 그 얼굴 가득, 환한 빛이 뿜어져나왔다.

"당신이 잘돼서 기뻐요. 정말 아주 기뻐요. 난 몹시 불행하지만, 불행을 감수해야만 행복을 누릴 수 있는 것 같아요."

"글쎄. 이건 너랑은 상관없는 일이야. 흔들리는 건 내 인생이야, 그뿐이지."

프란츠의 미소가 사라졌다.

"나도 알아요. 결국에는 나 역시 마음에 상처를 입는

다는 게 뭔지 알게 되리라는 것도요."

벤치에서 일어나는 그의 눈에 절박하고도 흥분한 빛이 떠올랐다. 그는 내 앞에서 극도로 흥분한 듯 불안해했다.

"가야 해요, 가야 해요. 안 그러면 울음이 나올 것 같은데, 그런 모습을 당신한테 보이긴 싫어요."

돌연 그는 몸이 굳은 듯 미동도 없었다. 그러더니 얼굴이 다시 말끔하게 돌아왔다. 놀라우리만큼 급격한 변화였다.

"미안해요. 비이성적이고 감정적이어서 미안해요. 짧게 히스테리 발작이 일어났다가 곧 가라앉아요. 당신을 난처하게 하진 않을 거예요. 괜찮아요. 이젠 진정됐어요. 그런데 언제 떠나요?"

"내일."

"그러니까 우리가 만나 대화를 나눌 수 있는 마지막이네요."

"아마도, 프란츠."

그가 웃었다.

"그렇게 슬프게 말하지 마요. 당신에게 일어난 일은 하늘의 섭리예요. 당신은 타성, 무감각한 행동을 버리고, 당신을 구원한 음악에 더욱더 전념하려는 거예요. 적어도 한 번은 당신 연주를 들으러 가고 싶어요. 나도 많이 생각했어요. 당신한테 큰소리치긴 했지만, 음악당에서 내가 존재한다는 파동을 당신에게 보낼 수 있을지 확신할 수 없어요. 언젠가 당신이 했던 말을 곰곰이 생각해봤어요. 연주할 때는 오직 그 일만 할 수 있다고 말했었죠? 연주한다! 자기 악기, 악보, 화성의 변화, 오케스트라에 집중하는 거죠. 당신 같은 음악가들은 얼마나 운이 좋은지, 연주할 때는 그것 말고는 다른 생각은 전혀 안 하잖아요. 아주 특별한 행운이에요."

"넌 모든 걸 이해하는구나. 네 지능과 직감은 언제나 놀라워. 곰곰이 따져보지 않고도 바로 진실을 파악해서 가끔 나를 어리둥절하게 하지."

그가 고개를 끄덕였다. 갑자기 나이가 들어 보였다. 그는 생각에 잠긴 듯 우울한 얼굴이 되었다.

"그거야 지속될지 두고 보면 알겠지요. 청년이 되고 성인이 되는 피할 수 없는 과정에서 이 무거운 재능들이 지속될지는 곧 알게 될 거예요. 보통 사람들과 다르다는 건 너무 부담스러워요. 정말 불안해요. 자신을 비판하면서 시간을 보내지요. 악몽에 시달리느라 잠도 잘 못 자고요. 벤치, 호수, 당신과 함께 보낸 나날은 내게 가장 필요한 것이었어요. 아침에 눈을 떴을 때 이제 그것들을 볼 수 없다는 생각이 들면 마음이 아플 거예요."

"예전엔 그런 거 없이도 잘 지냈잖아."

"그래요, 하지만 그것들을 발견하고 익숙해진 뒤로는 정말 도움이 되었어요. 내 하루하루에 어떤 의미를 주었어요. 웃기지도 않죠. 사람들은 관계를 정교하게 짜고 형성하지만, 그건 그냥 단번에, 어떤 예고도 없이 찢어지고 메말라버려요."

그가 귀찮은 파리라도 쫓듯 팔을 휘휘 저었다.

"그래도, 어쨌든 아무것도 아닌 것보다는 낫지 않아요? 당신은 사랑이라 부르고 싶어하지 않았지만, 결국 그것은 사랑이 아니었을까요?"

"네 생각이 그렇다면 뭐."

"그건 사랑이었어요. 아무것도 아닌 것보다 나아요. 당신은 우리 사이에 진정한 사랑은 불가능하다고 했지만, 다시 말할게요, 불가능한 사랑은 없어요. 어쨌든 사랑이 없으면 우리는 별 볼일 없어요. 난 이제 그것과 대면할 거예요."

"넌 그럴 거야, 프란츠. 넌 강하니까."

"당신보다 강하진 못해요. 당신보다 약하지도 않고요. 내가 당신 이름도 모른다는 거 알아요?"

"묻지 않았잖아. 내 이름은 클라라야."

그의 얼굴이 환해졌다. '클라라'라는 소리가 그를 기쁘게 한 듯했다. 그는 다시 앉았다. 내가 그의 손을 잡았다.

"생각해봐. 곧 방학을 할 거고 여름도 끝날 거야. 우리가 평생 이렇게 벤치에서 만나는 건 불가능해."

그는 손을 빼내더니 아니라는 듯 다시 흔들었다. 세차게.

"나도 알아요, 안다고요. 어쨌든 지속되는 건 아무것도 없다는 상투적인 말은 하지 마요."

"그렇게 화내지 마. 이제 헤어져야 해. 작별키스라도 하지 않을래?"

"아니, 아니에요. 그럴 필요 없어요. 돌아가야 할 시간이 많이 지난 것 같아요. 할 수 없죠, 꾸중 들을 각오를 해야죠. 그래도 내가 먼저 떠나지는 않을래요. 자, 가세요, 가요. 당신이 가는 뒷모습을 보고 싶어요. 당신이 오는 것만 봤지 가는 건 한 번도 못 봤어요. 이제 가요."

우리는 일어났다. 어쨌든 나는 그의 뺨에 입을 맞추었다. 청량한 기운이 느껴졌다. 나는 음악당 쪽으로 난

길을 따라 겨우 백 미터 정도 가다가 뒤돌아보았다. 그는 일어나서 벤치 위에 서 있었는데, 이탈리아 사람들이 작별인사로 '차오'라고 말하며 손가락을 재빨리 접었다 펴듯이 손을 활짝 폈다 접었다를 반복했다. 작고 파란 실루엣이 공간 속에서 점점 또렷해졌다. 프란츠가 뭐라고 소리치는 것 같았지만 무슨 말인지 알아듣기에 나는 이미 너무 멀리 와 있었다. 그의 목소리는 항구로 들어오는 기선의 사이렌 소리에 묻히고 말았다. 오후 두시였다.

어느 영국 시인처럼 나는 아름다움의 순간은 인간이 생각할 수 있는 그 어떤 것보다 훨씬 더 강력한 구성의 법칙에 따라 형성된다고 믿는다. 하지만 이미 말했듯이 아름다움을 정의하기는 어렵다. 매 순간이 유일하기에 날마다 처음인 듯 우주를 대해야 할 것이다. 나는 모든 것이 묘하게 뒤섞여 기억 속에 아로새겨진 그 은총의 순간을 기억한다. 산에서 내려와 목련꽃잎들을 춤추게 하는 산들바람, 비상하는 백조들, 햇빛을 받아 에메랄드 색으로 물든 수면 위에서 가볍게 푸드덕거리는 오리 떼, 천천히 움직이는 오래된 증기선, 그리고 알 수 없는 사랑의 메시지를 내게 보내며 이 모든 것으로부터 혼자 떨

어져 있던, 벤치에 앉아 있던 자그마한 그 사람. 그것이
정확히 아름다움과 만나는 지점이었다.

16

런던에서 살게 된 나는 그날도, 일개 오케스트라 단원
에서 솔리스트로 성장하겠다는 도전을 받아들여준 교수
에게 날마다 세 시간씩 받는 교습을 마치고 집으로 돌아
오는 길이었다. 앵글로색슨 지역에서 흔히 볼 수 있는
서점 겸 카페에서 나는 걸음을 멈췄다. 사람들은 서 있
거나, 뭔가를 마시거나, 바닥에 앉아 책과 전문지, 오래
된 잡지들을 뒤적이고 있었다. 어른들은 편안하게 왔다
갔다하고 아이들은 전용 공간에서 놀고 있었다. 모든 게
따뜻해 보이는 그곳의 널찍한 소파 발치에서는 커다란
개들이 졸고 있었다.

루체른을 떠난 지 일 년 가까이 되었다. 오케스트라는 런던에 체류한 다음 북유럽 순회공연을 떠났고, 나는 그들과 떨어져 혼자 런던에 남아서 무모한 계획에 온전히 몰두하기로 했다.

교수가 말했다.

"자네는 너무 오래 오케스트라에서 연주했네. 재능이 있는 아이였지. 급격한 변화들로 솔리스트 과정을 계속 밟지 못했지만. 우린 자네가 오케스트라에 입단하면서 그 광채와 야망을 잃었다고 생각했지. 어떤 면에서는 자네가 저평가되었다는 생각이 들어. 자네에게는 확실히 그들과는 다른 어떤 자질이 있거든. 그런데 그동안 너무 보잘것없는 취급을 받았어. 몰랐는지, 아니면 알고도 그랬는지 모르지만. 그래도 이제, 자넨 비약적으로 성장했어. 브라보!"

교수의 말은 계속 이어졌다.

"자넨 용기 있지만 오만하고 까다로운 선택을 한 거네. 자네가 얻으려고 하는 것은 음악계에서는 매우 드문 시도거든. 물론 없지는 않네. 하지만 아주 많은, 악착스러운 연습이 필요하지, 게다가 그것만으로는 충분하지 않아. 인생의 선물인 행운과, 좋은 사람과의 만남, 기회, 이 세 가지가 있어야 해. 삶이 자네에게 미소를 보내고, 자네 의지가 약해지지 않고, 지휘자나 인생길에서 만나는 스승들의 관심을 끌고 그들을 설득할 줄 안다면, 거기에 도달할 수 있겠지. 잊지 말게, 운과 기개를!"

첫번째 행운은 아버지가 돌아가시기 전, 어릴 적 내 스승이었던 교수님을 다시 만난 것이었다. 또다른 행운이 찾아와 우리 가족의 회계 관리인이었던 사람과 연락이 닿았다. 그 사람 덕분에 나는 적은 액수지만 연금을 받았고, 적어도 얼마 동안은 생활비 걱정 없이 공부를 시작할 수 있었다.

나는 올드 콤프턴 가에 있는 한 카페의 카펫에 앉았다가, 스타들의 사진, 국제박람회에서부터 허영심의 풍속도를 보여주는 다양한 앙케트, 패션과 요리 사진 들을 솜씨 좋게 뒤섞은 오래된 월간지 한 권을 우연히 집어들게 되었다. 논조와 스타일이 독특한 그 잡지는 몇 년 뒤

업계에서 최고로 인정받는 『피플』지로 성장했다.

나는 잡지를 넘기다가 떠들썩한 스캔들의 주인공으로 자기 파괴적인 행동을 일삼은 놀라운 부부에 관한 긴 기사에 눈길을 멈췄다. 그들의 기상천외하고 화려한 생활과 외도는 기사가 쓰이기 몇 년 전 바이에른 지방 귀족 연감의 가십면에도 소개된 적이 있었다. 그들이 벌인 파티들과 겉치레, 엄청난 사치, 몰락한 귀족들의 자유분방한 생활은 뮌헨 전체를 사로잡고 현혹하고 매료시켰다. 저속한 폭로, 기이하고 타락한 하수인들의 개입, 레스토랑에서 접시를 내던진 사건, 오페라 막간의 싸움질과 울부짖음, 마약, 난잡한 파티 등 혐오스런 행동들을 보건대 그 뮌헨의 엘리트 부부가 저지른 짓에 비하면 다른 스캔들은 추문 축에도 끼지 못했다.

수십 장의 컬러 또는 흑백 사진들이 기사를 장식하고 있었다. 나는 그 두 인물이 왜 낯익은지, 왜 그들의 얼굴에서 미심쩍은 느낌을 받았는지 알 수 없었다. 두 사람 모두 외모가 훌륭했다. 남자는 고상하면서도 오만한 외모에 두터운 눈썹, 검은 머리칼, 넓은 이마, 높은 광대뼈와 긴 볼에 수직의 주름을 띠며 미소짓고 있었다. 아내 역시 남편처럼 머리칼이 거무스름했고 키가 크고 날씬

했다. 가슴은 빈약하고, 창백한 피부에 몹시 튀는 요란한 화장을 했고, 두 눈은 다이아몬드처럼 빛났다. 양홍빛 매니큐어를 바른 손톱이 돋보이는 가늘고 긴 손만큼 귓불도 눈에 띄었다. 야회복과 사냥복, 스키복, 가면무도회 복장을 한 사진들, 전용 비행기 트랩 아래 선 사진들이 있었다. 나는 그 사진들을 호기심을 가지고 유심히 살펴보았다. 직감 같은 것에 이끌려 기사를 끝까지 읽었다. "클라우스 폰 헤르체괴른과 아내 이리나는 비통한 인생 역정을 정신병원에서 끝냈어야 했다"로 기사는 끝을 맺었다.

"그들은 별거와 화해, 재결합 이후 여름 별장에서 산장으로 집요하게 서로를 쫓아다녔다. 이제 그 자체가 목적이 된 그들의 타락한 행실은, 맥주 제조업과 제강소로 막대한 부를 축적하며 가문의 평판과 이권에 신경 써온 헤르체괴른 가 가문회의에 씻을 수 없는 오명을 안기고 막을 내렸다.

가문회의의 마음 좋은 노부인이 이들 부부에게 수치와 추문을 씻을 수 있는 마지막 기회를 주겠다는 결정을 내렸다. 그러나 그것이 불행의 시작이었다. 송년

축하파티 저녁, 뮌헨 근교의 성에서 클라우스와 이리나는 다시 격렬한 싸움을 벌였다. 누가 먼저 총을 발사했는지를 놓고 지금까지도 바이에른 상류사회에서는 여러 가지 추측이 난무한다. 양쪽 다, 남자는 38구경 권총 웨블리마크4를, 여자는 8.57구경 마우저 소총 1943을 장전하고 있었던 듯하다. 이 저주받은 부부는 거의 동시에 저지른 두 건의 살인에 성공했다. 부검으로 여자가 먼저 방아쇠를 당겼음이 증명되었다. 그 점에 대해서 경찰은 확신했다. 가장 처참한 사실은 헤르체괴른 부부의 외아들이 그 살육 현장에 있었다는 점이다. 당시 아이는 여덟 살이었다."

잡지는 사 년 전에 발행된 것이었다. 내가 프란츠를 만났을 때 그는 열두 살, 그 이상으로는 보이지 않았다. 짙은 파란색 교복 재킷 안감에서 본 이니셜, F.X.V.H가 떠올랐다. 그가 한 말, 그가 감히 말하지 못한 사건, 부모님에 대해 물었을 때 대답하지 못했던 것이 생각났다. 내 기억 속의 잘생긴 아이, 프란츠의 얼굴과 잡지를 가득 채운 남자의 사진 중 하나를 비교해보았다. 둘의 미소와 얼굴 골격이 완벽하게 일치했다. 부부를 찍은 여러 사진 중 한 장에서 보이는 강렬한 시선이 일말의 의심을 걷어내주었다. 연보랏빛 벨벳 안락의자에 앉은 클라우스와 이리나는 우스꽝스러운 개 두 마리에 둘러싸여 카메라 앞에서 부자연스러운 미소를 짓고 있었다. 배경 한쪽, 꽃과 과자로 장식된 조그만 원탁 위에 세일러복을 입은 어린아이의 타원형 사진이 있었다. 그 아이는 바로 프란츠였다.

그래서 나는 청년과 아이의 중간쯤에 있던 그 아이에게, 실제로 우리가 어른처럼 사랑할 수 있을 거라는 최소한의 환상도 허락하지 않았던 것을 자책했다. 그는 자기 존재의 '무'를 채울 수 있는 무언가를 필사적으로 찾고 있었던 것이다. 나는 자책했다. 카페 양탄자 위에서 울음이 터질 것 같았다. 런던에 온 뒤로는 프란츠를 생각하지 않았다. 지금까지 살아오며 그래왔듯이 나는 인생의 한 장을 넘겼다. '다 지우고 계속 나아가야 한다.' 나는 분명 그에게 충분한 애정을 주지 않았고 내 이야기만 했으며, 그가 좀더 마음을 열도록 하지 못했다. 나는 비범한 아이를 만났었고, 그에게 좀더 신경 썼어야 했다. 그 조숙한 천재 아이에게는 인간적인 온정이 필요했다. 그는 내가 곁에 있는 것만으로도 도움이 되었다고

했는데. 그를 더 이해하고 좀더 자주 안아주었어야 했다는 생각이 이제야 들다니.

고통과 회한이 현기증처럼, 구토처럼 밀려왔다. 슬픔과 가벼운 우울감, 죄책감이 들었다. 나는 그에게 좀더 거짓말하고, 좀더 그를 사랑하고, 나도 그를 사랑한다고 말했어야 했다.

나는 열정만을 위해 사는 데 익숙한 예술가의 악착같은 이기주의에 이끌려 결국 잡지를 내려놓고 카페를 나왔지만, 불가능한 사랑도 불가능하지 않다고 믿었던 호숫가 벤치의 그 소년이 잊혀지지 않았다.

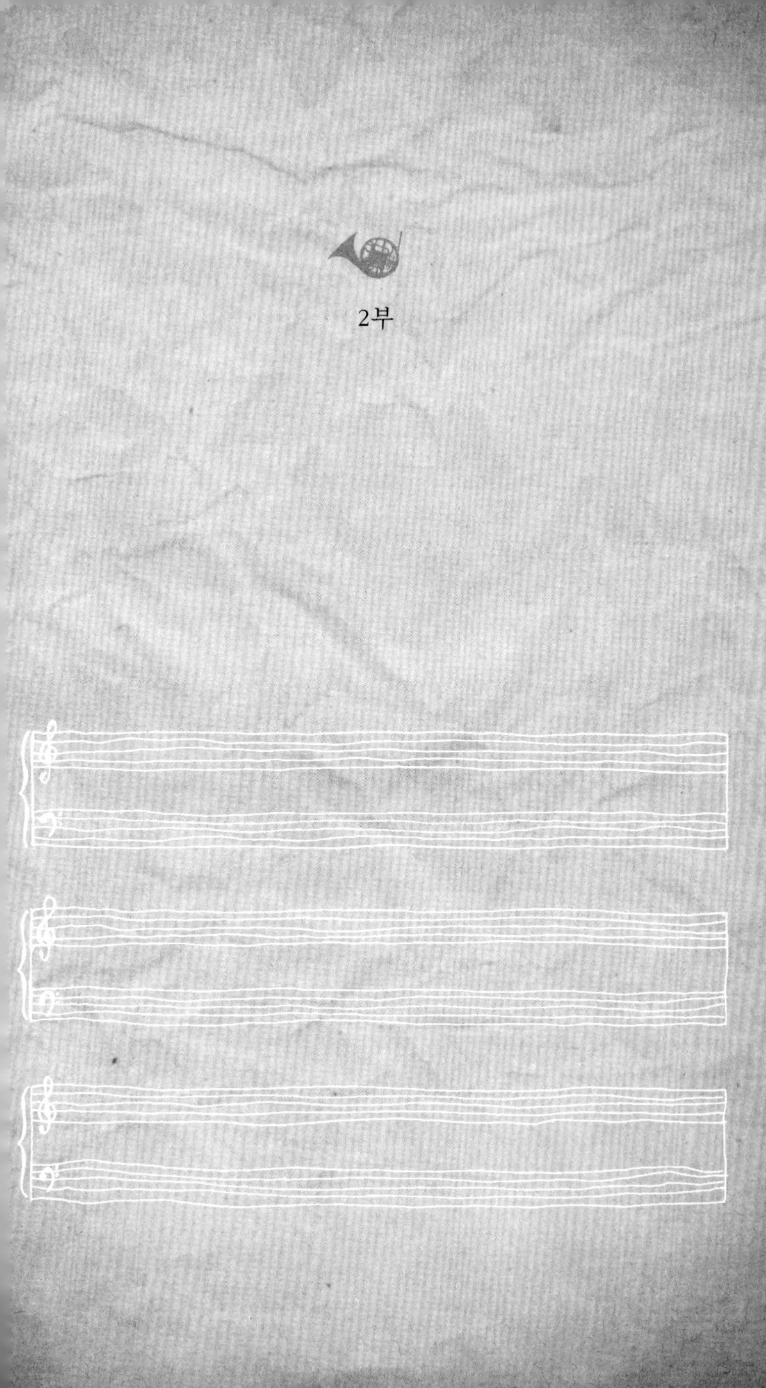
2부

17

십 년 뒤 보스턴.

대여섯 번의 열광적인 앙코르 연주에도 불구하고 또다시 앙코르를 청하는 관객 앞에서, 보스턴 심포니 홀 무대에 선 서른 살 바이올리니스트 클라라 뉴먼은 흥분에 휩싸여 도무지 진정할 수가 없었다.

모차르트의 클라리넷 오중주 K581 연주를 막 마친 현악사중주 단원들과 클라리넷 연주자는 각자 악기를 들고 인사한다. 그들은 미소지으며 몸을 숙여 인사하고는 무대 뒤로 들어갔다가 다시 나온다. 첼리스트, 클라리넷 연주자, 비올라 연주자 그리고 두 대의 바이올린, 한 남자와 한 여자 클라라 그녀가. 오늘 밤은 그녀가 제1바이올린을, 따라서 주음을, 제2주자가 화음을 연주했다.

클라리넷 연주자는 눈부신 재능을 가진, 이미 저명한 솔리스트다. 첼리스트는 젊고 열정적이며 생글생글 웃는 인상에 열성적이다. 영감이 풍부하고 겸손한 제2바이올린 남자 주자와 함께, 연주는 잘 흘러갔다. 그런데 비올라 연주자가 알레그레토의 세번째 변주에서 아주 약간, 십억 분의 일 초 먼저 나가는 바람에 클라라 역시 아주 잠시, 십억 분의 일 초 동안 주저했다. 충분히 일어날 수 있는 일이었다. 그리 심각한 일은 아니었다. 첫번째 박수갈채가 쏟아진 뒤 무대 뒤로 들어오자마자 비올라 연주자가 클라라에게 다가왔다.

"미안해요. 그래도 호흡은 잘 맞았어요. 난 어떻게 지나갔는지도 모르겠어요. 날 너무 원망하지 않았으면 좋겠는데."

다른 연주자들보다 어린 이 이탈리아 출신 청년은, 살짝 올라간 입가 위에 콧수염을 가늘게 길러 실제 나이를 가늠하기 힘들었다. 마치 어린아이가 좀더 어른스럽고 남자답게 보이려고 얼굴에 검은 줄 하나를 그린 듯했다. 클라라는 상냥하게 팔을 내밀었다.

"천만에요, 조반니, 별거 아니에요. 바로 만회했잖아

요. 다 잘됐어요."

그러고 나서 그녀는 클라리넷 연주자 쪽으로 돌아서서 그와 열렬하게 포옹했다.

"최고였어요. 브라보. 당신은 최고예요."

연주자들은 연방 서로에게 감사의 인사를 건넸다. 한 명이 담배에 불을 붙였지만 이내 그들은 다시 무대로 나가야 했다. 그들을 부르는 함성은 여전히 뜨거웠고, 결국 성공과 성취감이 그 미미한 실수를 지웠다. 그렇지만 관객 앞에서 환하게 미소짓고 있는 클라라는 홍일점으로서의 관례대로 흰색 분홍색 꽃들로 만든 커다란 꽃다발을 받으면서도, 실수한 순간부터 마지막 음을 연주할 때까지 신경이 거슬렸던 그 불완전한 느낌을 완전히 떨쳐버리지 못했다. 그녀는 그 때문에 마음속으로 자책했다.

네 완벽주의는 편집증적 괴벽이야. 다 끝났으니 잊어버려, 라고 스스로에게 말했다. 기뻐해. 음악이 네게 주는 것이 바로 행복이잖아.

클라라는 다시 클라리넷 연주자에게 다가가 꽃다발에서 꽃 한 송이를 뽑아 건네며 말했다.

"우리에게 영감을 불어넣어주었어요. 정말 굉장했어요. 당신의 음악은 아주 멀리까지 울려 퍼질 거예요."

그도 그녀에게 감사했다. 박수갈채가 점차 사그라졌다. 이제 연주자들은 무대로 다시 나가지 않을 것이다. 관객들은 흩어질 것이다. 비올라 연주자가 젊은 클라라를 포옹했다.

"정말 미안해요, 클라라."

그녀는 그의 팔을 풀었다.

"그만 해요, 제발. 이미 끝났잖아요."

그녀는 불쑥 이런 생각이 들었다. 사실, 조반니에게는 책임이 없을지도 모른다. 책임은 분명 그녀에게 있다. 몇 년에 걸쳐 클라라 뉴먼은 자신의 연주를 분 단위로 분석하는 훈련을 해왔다. 독주였든, 이중주였든, 사중주였든, 오중주였든, 혹은 오케스트라였든 연주자 수는 중요하지 않았다. 연주회가 끝나고 으레 뒤따르는 파티 중에 그녀는 혼자 떨어져 자신의 연주를 하나하나 머릿속으로 점검했다. 이런 '플래시백'은 깊은 밤 침대에 누워 언제나 고통스럽게 잠을 청해야만 하는 순간에 계속되기도 했다. 고난도의 스키 경주자가 경기 전에 하는 것과 같다. 눈을 감고 모든 커브와 둔덕, 비탈들을 떠올리고, 손으로는 자신이 돌파해야 할 위험한 코스를 짚어보았다. 클라라의 방식도 마찬가지인 셈인데, 경주를 끝낸

다음에 한다는 점이 달랐다. 공연 후에는 모든 것을 잊어버려야 했지만 그녀는 거꾸로 리허설을 했다. 그녀는 자신이 한 일에 만족하지 않았다. 스스로 정해놓은 지점과 수준에 왜, 어째서 도달하지 못했는지 악착같이 원인을 찾았다. 왜 그리고 어떻게 해서 한 단계 더 올라가지 못했는가.

일이 년 전부터 그녀를 후원하는 한 지휘자가 어느 날 이런 말을 했다.

"자넨 너무 기계적이야. 너무 생각이 많고. 너무 잘하려고 한 나머지, 영혼을 움직이지 않고 기교만 부려. 그러다간 미치고 말지. 기쁨은 어디 갔나? 자네가 기쁘지 않은데 어떻게 관객에게 기쁨을 줄 수 있겠나?"

클라라는 아름답다. 날씬한 몸매에 가슴은 풍만하고 다리는 길고 유연하다. 그녀의 머리, 바이올린을 연주할 때는 종종 틀어올리는 머리칼, 반짝거리는 검은 눈과 유혹하는 듯 뾰로통한 입술은 아마도 그녀가 연주자로 인기를 얻는 데 한몫했을 것이다. 그녀도 알고 있다. 사람들은 그녀가 자신만만하고 활짝 핀 젊은 공주 같은 삶을 산다고 상상할 수도 있으리라. 그러나 사실은 그렇지 않다. 그 아름다운 얼굴 뒤에 끝없는 동요와 의심, 의문이 감춰져 있다. 그 지휘자는 예술가로서 그녀의 인생에 지배적인 역할을 하고 있다. 그는 런던의 노교수가 언젠가 만나길 기원해줬던 '스승'이다. 그녀의 '행운'이다. 그들 사이에 사랑의 모험이 있었을 것이다. 음악가든 아니든 아름다운 여자들을 지휘자가 좋아한다는 사실은 음악계에 익히 알려져 있다. 그녀와는 정기적으로 일정한 관계를 맺지 않았지만 그래도 그는 그녀에게 호의를 보여왔고, 그것은 그녀에게 상당한 도움이 되었다. 그의 충고, 예술에 대한 비전, 세계 곳곳에 널리 퍼져 있는 음악가들과의 인맥, 경험과 재능은 이 젊은 여인을 변화시키고 있었다. 그녀는 지속적으로 자기비판을 하면서 자신이 되고자 꿈꿔왔던 것에 한발 다가가려고 고군분투하고 있었다. 이제, 분장실로 돌아와 검은 연주복을 벗으면서부터 클라라는 실제로 무슨 일이 일어났었는지 알고 싶어한다.

그녀는 실수가 비롯된 지점을 찾았다. 그녀가 정확한 순간에 쳐다보지 않아서 비올라 연주자가 세번째 변주를 잘 연결하지 못했던 것이다. 그리고 그녀가 그를 보지 못한 것은, 바로 직전 클라리넷 소리를 들으며 이마로 흘러내린 머리카락 몇 올을 쓸어넘기다가 객석을 잠깐 보았는데 그때 뭔가에 동요되었기 때문이다. 그녀는 다시 연주에 집중했지만 비올라 연주자와 충분히 시선을 맞추지 못했다. 자연히 그는 머뭇거렸고 그래서 정확한 순간에 주제로 들어가지 못했다. 클라라는 안도했다. 그래, 알았다. 그녀는 미미하지만 실수한 까닭을 알아냈다. 이제 진정이 되었다. 그건 그녀의 잘못이었다. 기가 막혔다. 그것은 종종 드러나는 그녀의 불완전함이었다. 그녀는 만족을 모르는 자신이 만족스러웠다.

지금, 복도에서 늘 나는 소음, 연주회가 끝난 뒤의 소음으로부터 차단된 분장실의 솜으로 감싸인 듯한 고요 속에서 그녀는 자문한다. 나는 무엇 때문에 흐트러진 걸까? 무엇을 보고, 듣고, 느끼고, 예감했기에 알레그레토가 전개되며 정확성이 필요한 바로 그 순간에 불안정해졌을까? 그녀는 궁리하고 또 궁리하지만 알아내지 못했다.

그러다가 그녀는 보이지 않는 뭔가가 전달되었음을 깨달았다. 그날 밤, 연주홀에 뭔가 다른 입자가 있어서

지휘자가 말하던 그녀의 '역학'을 진동시켰다. 그것이
무엇이었을까?

18

그것은 적대적이거나 부정적이거나, 불쾌감을 주거나 파괴적인 것이 아니었다. 곧 사라지는 파동처럼 홀 어딘가에서 왔는데 첫째 줄에선지 마지막 줄에선지, 왼쪽에선지 오른쪽에선지, 2층의 정면 객석에선지 1층 앞 객석에선지 거의 분간하기가 어려웠다. 만일 이 느낌을 음악 분야에서 익숙한 어떤 것에 비교해보라고 한다면, 클라라는 어떤 목소리나 악기가 소리를 내기 시작하는 순간에 찾아오는 것이라고 대답했을 것이다. 그것은 돌연 전율을 일으킨 다음 몇 분간 지속되어서, 빨려들어간 당신을 빠져나오지 못하게 한다. 마치 하나의 특권이 음악을 통해 초월할 수 있는 특별한 인간의 범주로 당신을 끌어

들인다. 어떤 음악이든 상관없고, 반드시 '고전'이어야
할 필요도 없다. 기타 한 곡조가 당신을 고양시킬 수 있
다. 아주 흔한 연가나 하찮은 유행가가 영원한 시혼이
될 수도 있다.

그 파동은 섬광처럼 짧은 순간─그 순간은 과학자들
과 컴퓨터가 가장 정교한 크로노미터로도 적분할 수 없
는 수로 추산된다─에 올 수 있다. 천 분의 일 초도 안
되는 시간에. 그것은 무한소의 시간 동안의 흔들림이다.

그녀는 감각을 추구했다. 그것은 역설이다. 지휘자에
게서 너무 애써서 열심히 한다는 소리를 듣는 그녀는 바
이올린 역학의 전문가이면서 극도의 감수성을 갖추었
다. 틀림없이 이 이중적인 특성, 외면적인 모순이 언젠
가 그녀가 자기 예술의 완벽한 발현, 소명에 이를 수 있
도록 도우리라. 그녀는 늘 일시적인 향기에, 새들의 비
상에, 수면 위에 비친 햇빛, 산꼭대기를 비추는 아침 햇
살의 고운 입자들에 감동했다. 모든 인간은 그런 신비롭
고 일시적이며 투명한 원소들을 받아들일 수 있는 능력
을 크든 작든 갖추고 있다고 생각했다.

또한 모든 떨림이 늘 모두에게 열려 있는 것은 아니
고, 오늘 밤 연주홀에서 그 파동을 포착한 사람은 오직

그녀 자신, 단 한 사람뿐이었다고 믿었다.

테두리에 전구들이 달린 거울을 앞에 두고, 그녀는 의자에 앉아 습관적으로 화장을 지웠다. 배우는 아니지만 무대에 서기 전에는 항상 화장을 하기 때문이다. 눈언저리에 미세한 기미가, 엷은 잔주름 하나가 보였다. 지금까지는 그녀를 비껴갔던 세월을 알려주는 미세한 징후를 발견하고 클라라는 바로 지금 뭔가 예기치 못한 일이 일어나리라는 걸 예감했다.

누군가 분장실 문을 두드리자, 그녀는 반쯤 놀라 "들어오세요" 하고 대답했다. 키가 큰 청년이 눈에 들어왔다. 키가 너무 커서 안으로 들어오려면 고개를 약간 숙여야 할 정도였다. 모르는 사람을 기대하고 시선을 돌린 순간, 그녀는 그를 알아보고는 놀라움을 거두었다.

"그러니까, 당신이었군요."

"예, 나예요. 기억하는군요."

"물론이에요, 프란츠."

19

그러고 나서 그들은 아무 말도 하지 않았다.

그녀는 즉시 여인들이 반사적으로 하는 두 가지 행동을 했다. 가운의 가슴께를 여미고, 한 손을 뒤로 가져가 틀어올린 머리칼을 풀면서 머리를 살짝 흔들어 어깨 위로 머리칼이 부드럽게 물결치게 했다. 그리고 침묵을 깨뜨리지 않은 채 그를 관찰했다.

프란츠는 십 년 전 그녀가 호수 앞 벤치에서 나중에 크면 어떤 남자가 될까 하고 상상했던 바로 그 모습이었다. 짙은 눈썹에 높은 광대뼈, 곧은 콧날, 연둣빛 눈동자에 예사롭지 않은 눈빛, 이마가 넓은 얼굴 전체를 환히 비추던 그 미소. 그 모든 것이 이제는 성숙한 성인의 문

턱에 들어선 그에게 잘 맞게끔 아름답게 성장했다. 재능이 뛰어난 아이가 이따금 보였던 지나치게 진지한 태도는 일종의 차분함과 위풍당당한 평온으로 대체된 듯했다. 그는 정중했고, 깨지기 쉬운 얼음판 위를 걷듯 신중하고 침착하게 다가왔다.

옷차림은 매우 학구적인 미국 동부 스타일로 간소했다. 유행처럼 깃 단추를 채우지 않은 셔츠에 짙은 밤색으로 보이는 어두운 벨벳 재킷을 걸치고 진회색 플란넬 바지를 입었다. 겨울이라 밑창이 두껍고 약간 무거운 신발을 신고, 누비 안감을 댄, 재킷과 같은 색깔의 파카를 손에 들고 있었다. 어떤 몸짓에서도 매력이 흘러나온다는 것을 의식해서 괴상한 의상, 곧 그를 멋쟁이나 개성을 쫓는 사람으로 보이게 하는 선택은 모두 피한 것처럼 보일 정도였다. 이 점에서 그는, 아이가 얘기하지 못한 모든 사실을 알려준 잡지의 사진에서 본 자멸을 초래한 파괴적 성향을 가진 아버지의 귀족적인 거만함 따위는 조금도 물려받지 않았다.

프란츠도 클라라를 바라보았다. 하지만 얼굴에 번들거리는 클렌징크림이 아직 묻어 있고 목욕 가운을 걸친 차림이라 그녀가 거북해할지도 모른다는 생각에 곧 시선을 떨어뜨렸다.

마침내 그녀가 말했다.

"옷을 갈아입게 몇 분만 시간을 줘요. 괜찮다면 밖에서 기다려줘요."

그 말을 기다리기라도 했다는 듯 그는 곧장 뒤돌았다. 그녀가 말했다.

"먼저 얘기해줘요. 연주홀에서 바로 당신이었죠? 그 존재감이요."

그가 다시 돌아서서 그녀에게로 왔다. 마치 춤을 추는 듯 보였다. 물 흐르듯 자연스러운 걸음걸이에서 그녀는 그가 벤치에서 일어나 학교로 달려갈 때의 사랑스러움을 떠올렸다. 그때는 그의 몸에서, 바람의 속도가 아주 빠를 때 배의 돛과 같은 그의 움직임에서 배어나오는 우아함을 눈여겨보지 못했었다. 그가 미소를 띠면서 대답했다.

"네. 많은 사람들 가운데서도 단 한 사람, 단 하나의 존재를 느낄 수 있어요. 우리가 그것에 대해 나눈 얘기 기억하죠. 나는 그것을 믿는다고 했다가 나중에는 잘 모르겠다고 했었죠. 어쨌든 당신은 믿지 않았어요."

"그래, 그래. 기억나요."

"하지만 당신도 아주 잘 느꼈어요. 왜냐하면 작은 무언가가 하나 있었거든요. 세번째 변주 때 약간 흔들렸죠. 그렇지 않았나요?"

그녀는 놀랐다. 목소리가 높아졌다. 어떤 자극을 받은 것이리라.

"어떻게 그걸 들을 수 있었지요? 그것은 아주, 아주 예민한 귀를 가진 전문가만 잡아낼 수 있는데, 음악가가 된 거예요?"

그녀는 몹시 언짢았다. 주먹을 꼭 쥐고는 말했다.

"아니면, 그 정도로 내 실수가 명확하게, 확연히 드러났나요?"

그가 웃음을 터뜨렸다. 그의 웃음소리는 안정감을 주었고, 목소리는 감미로웠다. 그의 목소리…… 그 목소리 역시 클라라를 사로잡았다. 물론 그는 변했다. 성장하면서 살이 붙었고, 각진 얼굴에 수염 자국이 있었으며, 키도 굉장히 컸다. 그녀는 이제 아이가 아닌 이 젊은 남자에게서 어른이 아니었던 아이의 몇 가지 특징을 쉽게 발견할 수 있었지만, 목소리는 그렇지 않았다. 때때로 쉰 듯하고 낮고 깊고 모호한 목소리. 예전에도 그는 어른처럼 말했지만 목소리에 이런 근엄함은 없었다. 지금은 모든 게 제자리를 찾았다고 말할 수 있었다.

그가 다시 말했다.

"아니니까 안심해요. 그냥 추측했을 뿐이에요. 그것은 내게 주어진 수많은 '천재적 기질' 중 하나예요. 나는 다른 사람들이 무심한 것들을 보지요."

클라라에게는 그 대답이 충분치 않았다. 어쨌든 그가 간파할 정도였던 것이니. 그래도 해명하는 말투에 기분이 좀 풀렸다.

"좋아요, 조금이나마 안심이 되는군요. 자, 홀을 나가면 이 건물 모퉁이에 카페가 하나 있어요. 몇 분 뒤에 거기로 갈게요."

그가 나갔다. 그녀는 전화 수화기를 들고 번호를 눌렀다.

"조반니? 클라라예요. 기다릴 것 같아서요. 그런데 오늘은 못 갈 거 같아요. 당신 혼자 가야 할 것 같아요. 피터에게 미안하다고 전해줄래요? 물론 다른 분들에게도요. 내일 아침에 공항에서 봐요."

그녀는 다시 화장을 했다. 그러나 연주 무대를 위한 화장이 아니다. 다른 색상의 파우더와 색조 화장을, 곧 현실의 삶을 찾아가는 여인의 색상을 선택했다.

20

루체른의 벤치에서 두 사람은 프랑스어로 이야기를 나누며 존칭이 아닌 친근한 평칭을 썼다. 이제 보스턴에서 그들은 영어로 대화를 나누며 그에 적합한 'you'를 사용한다. 그녀는 스물두 살의 다 큰 젊은 남자를 마주 대하여 프랑스어로 존칭이 아닌 말을 썼다면 스스로 거북했을 거라고 생각하면서 카페의 긴 의자에 앉았다. 미국 어디서나 흔한 아무 맛도 없는 연한 베이지색 뜨거운 커피가 두 잔 놓인 포마이카 테이블 맞은편에 그가 앉아 있었다.

그녀는 낯선 동시에 매우 익숙하고 친근한 사람을 대하고 있다는 인상을 받았다. 불쾌하지는 않았지만, 적당한 말투를 궁리하면서 부자연스럽게 들리지 않을까, 연기를 하는 것처럼 들릴까 걱정했다. 어른들 사이에서는 경우에 따라 서로 가장을 하는 데 익숙하지만 벤치의 소년과는 그러지 않았던 게 기억난 것이다. 그녀가 말을 꺼냈다.

"우연히, 철지난 잡지를 보다가 당신이 어릴 때 무슨 일을 겪었는지 알게 되었어요."

"그 이야기는 할 수가 없었어요."

"어째서?"

"너무 잔인한 일이었어요. 정신적 충격이 너무 컸죠. 난 분명 오열을 터뜨리고 말았을 거예요. 당신 앞에서는 정말 어른스럽게 굴고 싶었는데."

"정말 그랬는걸요. 믿을 수 없을 정도로…… 당신 같은 소년은 한 번도 본 적이 없었어요."

그들은 자신들이 나누었던 대화를 회상했다. 그는 그녀에게 런던 생활, 솔리스트가 되기까지 벌였던 고투에 대해 물었다. 그녀는 그가 헤르체괴른 가의 가문회의 대표로 임명되었고, 하버드 대학에서 학업을 마친다는 얘기를 들었다. 어른들은 그가 가문의 재산을 관리하기를 바랐지만 그는 뮌헨으로 돌아가지 않을 거라고 했다.

"나 자신이 독일인으로도, 스위스인으로도, 미국인으로도 느껴지지 않아요. 나는 그 사건, 그 가족, 그 과거에 속하지 않아요."

"앞으로 뭘 할 거예요?"

"아무 계획이 없기도 하고 수없이 많기도 해요. 세상을 돌아보고 싶어요. 세상에 대해 아는 게 전혀 없거든요."

"그러니까, 여전히 질문과 의문을 갖고 있군요?"

"난 그렇게 많이 변하지 않았어요. 확실히 전보단 덜 기민해지긴 했지만, 의문을 갖는 사람이 진정으로 살아 있는 거라고 여전히 확신하죠."

시간이 흐른다.

"의문을 가지고 행동하는 사람도요. 아무 해답을 찾지 못하더라도 말이지요."

그는 눈을 아래로 향했다가 다시 들고, 커피 잔을 만지작거리다가 그녀를 바라보았다.

"오늘 밤 내가 여기 온 건 우연이 아니에요. 벌써 얼마 전부터 당신의 발자취를 찾았어요. 당신 연주회의 일정표와 이력을 찾아다녔습니다. 보스턴에서 연주회가 있다는 사실을 알고는 우리가 분명 만나게 되리라고 생각했죠."

"하지만 난 당신과 아무 약속도 하지 않았잖아요, 프
란츠."

"아니에요, 클라라. 이제는 당신도 알잖아요."

그는 이제 프랑스어로 친근하게 말하고 있었다. 그녀
도 주저하다가 이윽고 친근한 프랑스어로 물었다.

"무슨 뜻이야?"

"당신 생각을 자주 했어요. 마음에 상처를 입은 스무
살의 아주 아름다운 여인을 떠올렸죠. 그 여인을 원했다
기보다 그저 사랑했어요. 아니 실은 간절히 원했어요.
그 욕망을 뛰어넘을 능력이 없었을 뿐. 그럼에도 당신에
게 말할 수 있는 건, 간혹 당신을 꿈꾸었다는 거예요. 당
신은 반복해서 말했죠. 열두 살이면, 어린아이라고. 아
직 어른이 되지 않았다는 말은 충분히 했었어요. 하지만
꿈속으로 피할 수는 없어요. 꿈에 만족할 수도 없고요.
결국 숨겨두었던 욕망을 밤에, 혼자서 충족시키지요. 접
근할 수 없는 젊은 여인을 떠올리면서요. 지금은 서른
살의 아주 아름다운 여인을 마주하고 있고요."

"이제는 '접근할 수 있다'는 뜻이야?"

"아니에요. 그렇게 말하진 않았어요."

그녀는 낯이 붉게 달아올랐다. 카페에 들어서면서부

터, 그가 미소지으며 일어나 그녀를 맞아줄 때부터 어떻게 프란츠를 대해야 할지 갈피를 잡지 못했다. 자신이 왜 그렇게 빨리 조반니에게 전화를 걸어 오중주단 연주자들과 저녁식사 약속을 취소했는지 스스로에게 물었다. 무엇 때문에 그렇게 자발적으로 저녁 시간을 비워두었는가? 물론 갑작스럽게 출현한 과거에 대한 호기심 때문이다. 어떻게 되었을까, 무엇을 했을까, 어떻게 자랐을까? 물론 그 모든 것이 다 여기 있다. 그런데 벤치 옆자리에서 프란츠가 말했던 그 '감정', 그가 다른 말로 표현하기를 원치 않았던 그 감정을 성인이 된 그를 알아보자마자 그녀 자신도 느끼게 되었다. 그녀의 몸짓에 교태가 섞였다. 삐죽거리는 입, 자신도 모르게 보내는 유혹의 몸짓. 그녀는 의미 없는 손짓을 하고 아무 말 없이 상대의 눈길을 피하다가 다시 그의 눈길을 좇았다.

"그럴지도 모르지. 하지만 우린 약속하지 않았어."

"약속했어요. 내 제안을 한 번도 생각해본 적이 없다고는 말하지 마요."

"아마 그럴지도 모르지."

그들은 친근한 프랑스어를 고수하기로 한 듯했다. 옆자리의 몇몇 손님들이 그들의 대화를 이해할 수 없도록.

이는 또한 그들이 과거 그들만의 친밀한 대화를 재현했음을 의미했다.

프란츠가 말했다.

"한 가지 물어봐도 될까요. 지금 만나는 사람 있어요?"

"아니. 사실, 있기도 하고 없기도 해."

"그 말은 그 남자에게 전적으로 매여 있지는 않다는 뜻이로군요. 그 지휘자와 당신 사이에 아무런 약속도 없고요."

또다시 그녀는 화가 나고 자존심이 상했다.

"프란츠, 무슨 말을 하는 거야? 나에 대해서 또 뭘 알지?"

"아무것도요. 그냥 추측했을 뿐이에요."

"그래, 뭘 추측했어? 누구 말이야? 신문에서 뭘 읽었기에? 사람들이 뭐라고 하지?"

"아무 말도 못 들었어요. 그냥 상상해본 거예요. 당신에게 중요했던 남자들, 아버지, 그리고 당신보다 훨씬 나이가 많았던 루카. 그리고 생각했죠. 그 유명하고 너그럽고 재능 있는 지휘자를요. 당신은 늘 보호자를 찾았잖아요. 그러니까 당연하죠. 또 흔한 일이고요."

그녀는 참지 못하고 웃음을 터뜨렸다. 이 자신감과 오

만함, 모든 것을 알고 모든 것을 간파할 수 있다고 믿는 단호함. 정말이지 그는 변하지 않았다. 사실, 이런 날것 그대로의 태도에 그녀는 유혹하려던 마음도 잊고 손을 추슬렀다. 그에게 끌렸던 마음도 내려놓았다.

"저런, 프란츠! 사람들에 대해 뭘 안다고 그렇게 판단해버리는 거야?"

"미안해요. 내가 정말 어리석게 굴었어요."

그가 그녀의 손에 자기 손을 포갰고, 그녀는 뿌리치지 않았다. 지금까지 그는 아무런 접촉도 하지 않았다. 뺨에 재회의 키스도 하지 않았다. 그가 속삭였다.

"호숫가에서 당신은 자주 내 손을 잡았었죠. 종종 내 팔도 잡았고요."

"프란츠, 미안하지만 넌 그때 어린애였어."

그는 손을 빼고 의자를 뒤로 당겼다. 그는 여유로워 보였고 긴장한 기색, 서툰 흉내나 가장이 전혀 없었다. 프란츠는 가식이 없다.

"정확히 지금은 아니지요. 여덟 살의 나이 차이도, 이제는 성인인 두 남녀 사이에서는 아무 의미가 없어요."

그녀는 이렇게 될 줄 알고 있었다. 이렇게 되기를 기다렸다. 이것을 소망했었는가? 그녀가 말했다.

"넌, 너는 누구 만나는 사람 있어?"

그는 자신을 조롱하듯 얼굴을 찌푸렸다.

"모두 알고 싶다면 말할게요. 아무 일도 없었어요."

"그 말은……"

"네, 육체적으로 말이에요. 아무도 없었어요. 다 말할
게요. 사람들이 말하는 사랑의 기쁨이라는 걸 진정으로
느껴본 적이 한 번도 없어요. 가식, 거짓말, 때로는 행동
으로 옮기는 게 불가능하기까지 했지요."

"어째서? 네 부모님 사건의 충격 때문에?"

"모르겠어요. 어쩌면 당신을 다시 만나기를 기다렸던
건지도 몰라요."

그녀가 반박했다. 그는 너무 직설적이고 너무 솔직하
며 너무 숨김이 없다. 언제나 그랬다. 그녀는 호숫가에
서 프란츠의 이야기를 듣던 그 순간으로 가 있다. 하지
만 그때와 같지 않았다. 이제 그녀는 다시 영어로 돌아
가 거리를 두고 'you'로 말했다.

"바보 같은 소릴 하네요."

"아니에요. 정말 그래요, 그렇다고요. 클라라, 어째서
요? 보스턴에는 얼마나 머무르나요?"

그녀는 손을 뻗어 시계를 보았다. 화제를 바꾸려는 몸

짓이었다.

"내일, 모두 시카고로 떠나요. 저녁에 연주회가 있어서. 베토벤, 브람스의 곡들을 연주해요."

"오케스트라 단원들 모두 함께요?"

"그래요."

그런데 갑자기 그녀의 눈에서 눈물이 솟구쳤다. 그녀는 이유를 알 수 없었다. 별것 아닌 일에도 자신이 무너지리라는 것을 알았다. 마치 연주의 강도, 천재적인 클라리넷 연주자가 인정받는 가운데서 제1바이올리니스트 자리를 지키는 어려움, 비올라 연주자의 실수와 모두 자신의 잘못이었다는 죄의식, 바로 나야, 문제가 있는 건 바로 나라는, 마음속에서 일어나는 지독한 낙심―세번째 변주에서 그녀의 마음을 어지럽힌 그 보이지 않는 존재, 흠 없는 연주였다고 생각하지 못하게 한, 어찌할 수 없는 후회, 그녀는 그렇게 받아들이고 싶지는 않았지만, 그래도 낯선 눈빛과 검은 머리의, 문가에 나타난 프란츠가 그녀에게 놀라움과 충격을 안겨준 것은 사실이었다. 이 모든 것이 그녀를 기습한 것만 같았다. 그리고 이 모든 것이 다른 것들을 다시 생각하게 했다. 출세욕, 예측과 계획들, 의지, 신전의 계단을 올라가기 위한 끝없는 투쟁, 순회연주 일정, 비행기와 기차 시간표, 사랑을 얻기 위해 노력했던 일과 잘 보여야 했던 사람, 사회적인 겉치레와 가장, 고된 연습, 성공과 실패, 스쳐간 사랑과 실패한 사랑들, 그 모든 것이 부조리하고 굴욕적으로 보였다. 마치 과거에 밤마다 자신에 대한 욕망을 혼자서 충족시켰다고 담담히 고백한 이 젊은 남자의 존재처럼, 마치 그 모든 것이 존재의 어려움에 맞서는 단 하나의 유일한 출구이고, 그녀를 끌어당기면서도 두렵게 하는 어떤 문턱을 넘을 수 있는 유일한 방법은 눈물을 흘리는 것밖에 없다는 듯이.

그녀는 울었다. 하지만 사실, 그리 오래는 아니었다. 그가 일어나 테이블을 돌아와서 그녀를 안았다. 그녀는 가만히 있었다. 시간이 흐르고, 그녀가 기운을 차렸다.

"미안해요. 너무 피곤해서 호텔로 가야겠어요."

"같이 갈게요."

"원한다면요."

그녀는 카페의 긴 의자에서 나오기가 힘이 드는 듯했다. 거의 마비된 듯한 야릇한 느낌에 다리가 가까스로 말을 듣는다. 프란츠는 그녀를 감싸고는 거동이 불편한 사람을 돕듯 그녀가 한 발 한 발 나아가도록 조심스럽게

경호했다. 그는 그녀가 의자 위, 옆에 두었던 검은색 바이올린 케이스를 집어들었다. 그들은 캄캄한 바깥으로 나갔다. 그녀가 걸음을 멈추고 말했다.

"미안하지만 잠시 들어갔다가 나올게요. 잊은 게 있어서요."

"나도 같이 갈까요?"

"아니에요. 오래 걸리지 않아요. 금방 올 거예요."

"좋아요. 케이스는 내가 갖고 있을게요."

카페 종업원이 들어오는 그녀를 보고 예의 바르게 말했다.

"십오 분 뒤에 문 닫습니다."

클라라는 화장실 문을 밀고 들어가 곧장 세면대와 거울 쪽으로 향했다. 그녀는 거울 속 자신의 모습을 바라보았다. 열쇠와 현금, 화장품이 든 얇고 작은 가죽 손가방을 내려놓는다. 가능한 한 거울에 바짝 다가서서 세면대의 튀어나온 가장자리에 배를 갖다댔다. 냉기가 느껴지지만 그로 인해 정신을 차리고 서 있을 수 있었다. 그렇지 않았다면 바닥에 쓰러질 뻔했으리라. 그렇게 실신한 게 벌써 여러 번이었다. 대부분 연주회를 마친 후나 리허설이 너무 길어질 때 그랬다. 의사는 기력 감소, 저혈당 증세라고 진단했다. "당신은 연주에 혼신의 힘을 쏟아붓기 때문에 끝나면 기력이 남지 않아요. 완전히 소모되고 탈진하는 거지요."

그러고는 심리학 지식 몇 가지를 덧붙였다. "아마도 예술을 지나치게 숭배해 자기 자신을 과도하게 밀어붙이는 듯합니다."

그녀는 부인했다. "아니에요. 음악은 자부심을 느끼게 해주는 일인걸요. 과도하게 밀어붙인 적도 없고요."

클라라는 오늘 밤 카페 거울 앞에서 자기를 '탈진'시킨 것은 프란츠가 나타났기 때문이며, 그로 인해 그녀가 인생을 정돈하는 방식이라 믿었던 것이 뒤죽박죽되었음을 알게 되었다. 그녀는 검은색의 작은 플라스틱 케이스에 든 콤팩트와 붓, 튜브 형 립글로스, 아주 작은 머리빗, 둥근 마스카라를 꺼냈다. 그 물건들을 평평하고 하얀 세면대에 늘어놓고 다시 한번 얼굴을 찬찬히 들여다보았다.

널 좀 봐. 그녀는 자신에게 말했다. 울다니, 참 못났구나, 가엾은 것! 눈물이 흘러내려서 속눈썹을 다시 그리고 분도 다시 발라야 하잖아. 모두 깨끗이 씻어버리고 다시 해야 해! 현실의 남자에게 다가가야 해. 왜 울었니? 네 실수들 때문에? 그만 좀 의식하고 포기하지그래?

종종 주위에서 그녀만의 분위기를 만드는 몸짓이라고 말하는 그 행동을 그녀는 지금 하고 있다. 물론 자신은 의식하지 못했다. 아랫배를 세면대에 바짝 붙이고 거울을 똑바로 보면서 그녀는 소유당하고 또 소유하고 싶은 욕망 같은 것을 느꼈다. 자기 자신을 바라보며 미소지었다. 카페 화장실 거울에 비친 얼굴이 그리 싫지 않았다. 이렇게 느낀 적이 얼마 만인지. 그녀는 손가방에서 마지막 물건, 알토이드가 든 작은 금속 상자를 꺼냈다. 알토이드는 입과 입김을 상쾌하게 해주는 작은 민트 드롭스다. 그녀는 한두 알을 혀 밑으로 밀어넣으며 이 의미 없는 행동에 안심했다.

21

프란츠는 카페 문 옆에 서서 바이올린 케이스를 보도의 포석에 내려놓았다. 자기 발치에 있는, 어디서든 쉽게 눈에 띄는 검은색 바이올린 케이스 안에 든, 단풍나무 혹은 가문비나무로 만든 이 작고 부서지기 쉬운 악기가 조금 전 클라라와 함께 관객에게 아름다운 시간을 선사했고, 그 덕분에 자신 역시 그녀와 하나가 된 듯 느낄 수 있었다고 생각하면서 흐뭇해했다.

그전에는 그녀가 연주하는 걸 본 적도, 들은 적도 없었다. 그녀의 연주는 실망스럽지 않았다. 그는 고개를 들어 하늘을 올려다보았다. 별이 없는 하늘은 눈이 올 것을 예고하는 듯 누런 안개 같은 것으로 덮여 있었다.

이렇게 추위 속에서 젊은 여인을 기다리는 것은 그의 취향에 잘 맞았다. 그는 바이올린과, 바이올린을 잘 다루는 그녀에 대해서만 생각하는 이 순간이 좋았다. 이렇게 마음이 평온한 것은 꽤 오랜만의 일이었다. 뤼낙스가 생각났다.

하버드 대학 1학년이던 열여덟 살 때, 프란츠는 한 학기 동안 역시 어린 천재라 불리던 뤼낙스라는 닉네임의 안나 베타나와 연락하며 지냈다. 그가 그녀의 인터넷 홈페이지를 방문하면서 알게 된 사이였다. 거기서 그녀는 한 천재의 고독을 깰 수 있는 건 오로지 자기와 같은 '괴물들'과 연합하는 것뿐이라고 선언했다. 프란츠가 이렇게 댓글을 쓰면서 그녀와의 연락이 시작되었다. "우리는 괴물이 아니야. 넌 엄청난 실수를 한 거야."

뤼낙스의 사이트는 그 방문자가 지능이 매우 높은 젊은이들로 한정되어 있었지만 대단히 활발하게 운영되고 있었다. 그들은 자신들의 생각, 꿈, 발견, 분노, 환상 등을 사이버공간에서 끊임없이 나누었다. 뤼낙스는 가상

공간에서 환심을 사려고 알랑거리기도 하는 여러 접속자들 가운데서 독특한 프란츠를 금방 구별해냈다. 둘은 사진을 주고받았다. 안나 베타나는 유타 주에 살았다. 금발에 비교적 예쁜 편이었는데, 얼굴에 z자 흉터가 있었다. 그녀는 워새치캐시 국립산림지의 킹스 피크 지맥 산책 일주로에서 새끼 퓨마와 싸웠던 흔적이라고 메일에 썼다.

프란츠가 답했다.

"네 말 중에 한 가지 안 믿기는 게 있어. 퓨마는 인간을 공격하지 않거든."

"그럴지도 모르지. 하지만 난 '인간'이 아닌걸."

"사실대로 말해봐. 어릴 때 네가 낸 칼자국이지. 그런 자해 충동은 나도 잘 알아. 네가 지어낸 얘기지."

"농담이길 바란다."

"네가 말한 그 숲이 어떤지 정말 보고 싶다."

두 사람은 마침내 전화로 이야기를 나누게 되었다. 뤼낙스는 엉뚱한 구석이 있었으며, 알아듣기 힘들 만큼 말이 빨랐다. 그녀는 주말에 프란츠를 프로보에 있는 부모님 집에 초대했다. 그곳에서 그녀는 피아노와 중국어, 정치학, 수학, 영화 연출을 공부했다. 프란츠는 금요일 저녁에 솔트레이크시티행 비행기 표를 쥐고 보스턴 로건 공항에 내렸다. (프로보는 주도에서 멀지 않았기 때문에 그녀가 솔트레이크로 그를 마중 나오겠다고 했다.) 아웃웨스턴 에어라인 티켓 창구 앞에서, 탑승 안내 방송이 나오기 시작했을 때, 프란츠는 본능적인 충동으로 떠나지 않기로 결정했다. '이 비행기를 타지 말아야겠다.'

뜻하지 않은 통찰력으로, 그는 '괴물'을 만나러 가지 않았다. 뤼낙스가 그에게 무엇을 가져다줄 수 있었겠는가? 그는 혼자서 살아가는 자신들의 처지, 남들과 같지 않은 데서 오는 어려움을 웬만큼 알았다. 그 덫에 스스로 갇히고 싶지는 않았다. 더구나 프란츠는 스스로도 이해할 수 없는 어떤 직관으로 보스턴발 솔트레이크시티행 OW 617기가 목적지에 도착하지 못하리라는 막연한 예감에 휩싸였다. 물론 현실에서 그런 일은 일어나지 않았다. 학교로 돌아온 그는 그 비행기에 무슨 일이 생기지는 않았는지 밤늦게까지 꽤 오래 기다리며 확인했다. 아무 일도 일어나지 않았다. 비행기는 이륙했고, 아무 문제 없이 예정된 시간에 착륙했다. 그는 생각했다. '내가 탔더라면, 비행기는 산산조각나고 말았을 거야.'

그는 자신이 느낀 두려움과 이루어지지 않은 이 예감

을 웃으며 넘겼지만 뤼낙스와의 모든 관계를 끊었고 대
학생활의 관례와 규범을 그럭저럭 따르기로 결심했다.
그러나 머릿속에는 예기치 못한 위험으로 현재의 흐름
이 중단될 수 있다는 생각이 여전히 남아 있었다. 그날
부터 프란츠는 여행을 떠날 때나 어떤 선택을 할 때, 심
지어 걷는 방식에 이르기까지 극도로 신중을 기하고 균
형을 추구하려 애썼다.

 그는 클라라를 생각했다. 사실대로 말하면 루체른에
서 뮌헨으로, 뮌헨에서 미국으로 옮겨 지내는 동안, 그
리고 어른으로 성장하는 동안 그 젊은 여인을 한 번도
잊은 적이 없었다. 그녀의 발자취를 찾기 시작했다. 해
가 거듭될수록 그녀의 이력, 그 바이올리니스트에 대한
우호적인 또는 찬사와 비판이 섞인 평가들을 좇으면서,
언젠가는 '첫사랑'이었던 그녀를 다시 만나리라고 생각
했다. 조급해하지도, 그녀에게 연락하려고 시도하지도
않았다. 때가, 기회가 올 테니. 그는 일어날 일은 어느 때
고 일어날 것이며, 그 시기는 우리가 결정할 수 있는 게
아니라고 생각했다.

지금, 보스턴의 차가운 밤 한가운데에서, 프란츠는 온전히 신뢰할 수 있는 단 한 사람 클라라를 기다리고 있었다. 이 기다림이 행복의 절정임을 깨달았다. 지금 이 순간, 그에게는 인생이 투명해 보였다. 클라라가 카페에서 나왔다.

"저기, 오래 기다리게 해서 미안해."

"괜찮아요."

그가 그녀를 뚫어지게 바라보았다.

"정말 아름다워요."

그녀가 미소지었다.

22

점점 더 추워졌다. 호텔은 가까운 편이었지만 클라라
가 거기까지 못 걷겠다고 해서 프란츠가 택시를 불렀다.

택시 기사와 짧은 실랑이가 시작되었다. 기사는 왜 그
렇게 짧은 거리를 가야 하는지 이해하지 못했다. 프란츠
가 길을 내려갔다가 헌팅턴 대로로, 이어서 매사추세츠
대로로 다시 올라가자고 했다. 그러면 주행거리가 꽤 나
올 것이었다. 보스턴 지역 억양이 강한 늙은 택시 기사
는 재미있다는 듯 큰 소리로 웃었다.

"원하신다면야, 나도 좋소. 댁들이 말만 하시면 시내
를 한 바퀴 돌 수도 있소."

"아, 그거 참 좋은 생각이군요. 그렇게 해주세요. 시내

를 한 바퀴 돌아주세요."

프란츠가 대답했다.

"정말이오?"

"물론입니다. 그렇게 해주세요."

택시 안에서 그녀가 그의 어깨에 머리를 기댔다.

프란츠가 말했다.

"자라면서 많이 힘들었어요. 아이 몸에 어른 지능을 갖고 있어서 생기는 갈등을 당신에게 사실대로 털어놓지 못했지만요. 내 지능지수는 160~174 정도 되어서 학교 선생님들도 나를 매우 드문 경우로 분류했어요. 지능이 매우 높은 아이들은 흔히 다른 아이들에겐 혐오의 대상이 되죠. 내가 왜 벤치에 혼자 앉아 있는 당신을 찾아냈다고 생각해요? 나는 자라면서 점점 더 외로워졌어요. 천재들 대다수가 의기소침해지는 이유도 그 때문이에요. 자살하는 경우도 빈번하고요. 그들에게는 아무도 신경 쓰지 않아요. 그런 점을 극복하느라 힘들었어요. 나도 예외가 아니었거든요."

"네가 얘기하는 걸 듣고 있으면 종종 노인의 지혜를 가진 아이라는 생각이 들었어. 계속 얘기를 나누다보면 어느새 다시 아이로 돌아와 있었고. 네가 어떤 사람인지 명확히 알 수가 없었어. 그래서 네게 미안해."

"대학에 들어와서 난 모든 것에 깊이 빠져들었어요. 과학, 특히 생물학에요. 재정학, 고고학, 정보공학, 음악에도요. 친구들을 사귀는 건 어려웠어요. 그들이 보기엔 내가 너무 빨리 나아갔거든요. 그들과 멀어지지 않으려면 내가 속도를 늦춰야 했어요. 조금이라도 평범해지기 위해 노력해야 했다고요. 한두 번 여자들과 감정적으로 가까워지기도 했지만 그들을 진정 사랑했다고 말할 수는 없어요. 상대도 나를 편하게 생각했다고는 할 수 없고요. 늘 그렇듯이 나는 여자들을 편하게 해주지 못하잖아요."

그녀는 장난꾸러기처럼 애교 있게 웃었다.

"아니야, 분장실 문을 두드렸을 때부터 넌 내게 아주 편하게 대했는걸. 아주 능숙했어."

"능숙하게 대하고 말고의 문제가 아니에요. 당신하고 있으면 난 그저 자유롭게 느꼈을 뿐이에요."

그녀는 시간이 어떻게 흘러갔는지 모르겠다고 말했다.

"미친 듯이 연습했어. 중국 음악가들처럼 하루에 아홉 시간씩. 내 성격이 왜 이런지 이제는 알 것 같아. 난 한 번도 엄마를 가져본 적이 없어. 어느 날 아버지 무덤

172

에 꽃을 갖다놓을 때 그 사실이 갑자기 충격적으로 다가왔어. 내 안에서 어떤 목소리가 '네 엄마는 어딨니?' 하고 묻는 것 같았어. 내가 절대 알 수 없는 그분은 내가 태어난 날 돌아가셨지. 부드러움과 애정의 전적인 결핍. 난 그것이 엄마였다는 걸, 한 번도 '엄마' 하고 소리내 불러본 적이 없었다는 걸 몰랐어. 내게 생명을 준 그 여인에게 한 번도 안겨보지 못했어. 너에게 얘기를 하면서, 이제야 알게 되었어. 틀림없이 너도 나처럼 그런 경험이 없었으리란 걸. 아마 그것이 우리 두 사람이 신비롭게도 비슷한 까닭일 거야. 전에 네가 신비에 대해서 말했지. 하지만 난 그 둘을 연결짓지는 않아. 고백하자면, 나는 기억에서 널 지워버렸어. 옛 페이지는 넘겨버려야 한다는, '지우고 계속 나아가야' 한다는 상투적인 생각에 사로잡혀서. 아무 논리도 없이 무식할 정도로 연습만 했어. 인생을 보지 못했지. 아, 그래, 턱 밑에 생기는 띠 같은 자국을 갖고 싶었는데, 그걸 갖게 되었어. 자, 봐. 여기 손을 대봐."

그녀는 프란츠의 손을 잡고 자신의 얼굴로 이끈다. 그의 손가락이 바이올리니스트의 자국이 나 있는, 턱 아래 목 왼쪽 살에 닿았다. 그는 그녀가 늘 바이올린을 대는 살갗, 부드럽고 매끈한 살갗을 단단하고 거친 손가락 끝으로 쓰다듬었다. 그는 그녀에게 입을 맞추고 싶지만 뭔가가 그를 말렸다. 그는 손을 거두었다. 그녀가 그의 손을 잡고 다시 그 자국에 놓았다.

프란츠가 말했다.

"당신을 만질 수 있어서 참 좋아요. 옛날에 당신에게 겨우 다가갈 용기를 냈었지만, 당신을 만질 수는 없었어요. 당신이 떠난 다음 날, 가슴이 정말 부서질 것 같았어요. 당신이 말한 그것, 가슴속에서 당신을 아프게 한다던 그 균열이 느껴졌어요. 그래서 더는 호숫가로 가지 않겠다고 결심했죠. 그리고 그 나라를 떠났어요. 믿을 수 없을 정도로 공부에 빠져들었고, 정말 여러 분야를 공부했어요. 지금은 의사, 학자, 은행가, 혹은 역사교수 그 무엇도 될 수 있을 거예요."

"그렇구나. 이제는 뭘 할 거니?"

"당신은요?"

"난 아직 모든 흔적을 지울 만한 단계에 이르지 못했어."

그녀가 낮고 쓸쓸한 목소리로 털어놓았다.

"또다른 차원의 삶이 존재한다는 걸 알지만 아직 거

기에 이르지 못했어."

"그래서 연주할 때 그렇게 긴장하는 거예요?"

"그걸 어떻게 알았어?"

"클라라, 난 당신만 바라봤어요. 연주에 귀 기울이는 것 이상으로요. 그리고 당신이 아직 행복의 절정에 있지는 않아도 그곳에 이를 거라고 생각했어요."

"아니야, 그렇지 않아. 난 결코 그러지 못할 거야."

그녀의 눈에 다시 눈물이 고였다.

"그런 일은 일어나지 않아! 난 행복이 뭔지 몰라."

"그만 해요. 당신은 그렇게 될 거예요."

그는 그녀를 품에 꼭 껴안으며 팔로 그녀의 어깨를 감쌌다. 그러고는 속삭였다.

"당신은 정말 축복받은 사람이에요. 그걸 인정하지 않는 것은 부끄러운 일이에요. 아름다운 당신은 이미 축복받았어요. 난 당신의 숙인 이마와 손가락에서 모두 읽을 수 있었어요. 당신의 고독, 과거의 무게, 열의 있는 연습, 선택, 그 선택의 결과를 읽을 수 있었다고요."

택시는 고요한 어둠 속을 달렸다. 온통 유리와 강철로 된 높은 건물들 앞을 지나갔다. 모든 층의 사무실들은 비어 있고 불도 꺼져 있었다. 금고들을 지키느라 순찰을

도는 경비원으로 보이는 그림자가 가끔 보였다. 택시는 가난한 동네와, 음산한 기운이 도는 장소를 지나 신호등 앞에서 멈추었다. 거리에는 인적이 드물었다. 프란츠가 말했다.

"당신은 정말 사랑받을 자격이 충분해요. 아니라고 하지 마요. 그 말, 전에도 내가 하지 않았나요?"

택시는 시내를 크게 한 바퀴 돌았다. 헌팅턴, 매사추세츠, 베벌리 가를 여러 번 올라갔고, 큰 대로들에서 떠돌다가 중심가로 돌아왔다. 그들은 어디를 지나든 전혀 신경 쓰지 않았다.

"어쨌든, 그래요. 난 변하지 않았어요. 재능으로 무장했지만, 상처도 쉽게 받아요. 겉으로 보이는 것과는 다르죠. 아, 물론 나는 더할 나위 없이 건강해요. 운동을 하고 있거든요. 보디빌딩이요. 그리고 키가 크고 살이 붙고 목소리도 변했어요. 그래요, 미남이라고 할 수 있죠. 하지만 어린 시절의 나와 달라진 건 아무것도 없어요. 전혀요. 특히 사랑하고 사랑받고자 하는 마음은."

그녀는 벤치와 호수에서 멀어져가는 그를 바라보면서 그에게 불행한 일이 닥치지 않길 바랐던 날을 떠올렸다. 그녀는 프란츠가 놓치고 싶지 않은 사람이 되었음을 깨달았다.

그녀가 말했다.

"넌 행복을 누릴 자격이 충분해."

"그것만큼 어려운 것도 없어요."

그녀가 다시 물었다.

"앞으로 뭘 하고 싶니?"

"당신이 내게 원하는 것."

마침내 택시가 그들을 목적지에 내려주었다. 택시에서 내리면서 클라라는 그의 다리와 몸을, 팔과 가슴과 허리에서 풍기는 생명력을 새롭게 느꼈다. 찬 기운이 얼굴에 부딪혀왔지만 그녀는 미소를 띠며, 역시 자신을 향해 미소짓는 프란츠를 돌아보았다. 그들의 망설임은 결국 욕망과 희망, 말없는 환희에 자리를 내주었다. 호텔로 들어가는 그들은 한 쌍의 부부 같았다.

23

울콧의 체인인 별 세 개짜리 브릭스톤 호텔은 심포니 홀이 있는 매사추세츠 대로에서 그리 멀지 않은 웨스트 뉴턴 가에 있었다. 지방 특유의 갈색 돌로 지은 10층짜리 건물이다. 밤이면 로비 입구는 마호가니 테이블 위의 진녹색 갓을 씌운 전등 불빛으로 은은하게 조명을 맞춘다. 야간근무 종업원의 이름은 로렌스이다. 금빛 단추가 달린 검붉은 색 유니폼 상의의 접힌 부분에 단 플라스틱 배지에 이름이 적혀 있다. 그는 피부가 검다. 상냥하고 조용한 사람이다.

4층 오른쪽 484호실은 구석에 있는 방이다. 클라라는 문 앞에서 프란츠에게 열쇠를 내밀었다. 마그네틱 카드를 돌출된 금속 틈에 넣고 위에서 아래로 단번에 긁으면 잠금장치가 풀리면서 초록색 불이 들어온다. 보통 클라라는 여러 번 해야 겨우 문이 열리는데, 몹시 피곤한 일이다. 도무지 열리지 않을 때도 있다. 다시 접수계로 내려가 도움을 청해야 할 때가 많다. 프란츠는 단번에 성공했다. 그녀는 그에게 들어가자는 신호를 보냈다. 그는 그녀의 의사를 확실히 묻는 몸짓을 했다. 그녀는 조용히 상냥한 미소를 지으면서 물론 좋다는 몸짓을 했다. 그가 그녀 뒤로 비켜섰다.

창밖으로, 작은 숲과 키 작은 관목들 아래 감춰진 조명등 불빛에 아름답게 물든 안뜰이 보였다. 뜰 가운데 흰색과 회색 조약돌이 깔린 작은 연못이 있었다.

그들이 사랑을 나눌지는 알 수 없다. 사랑을 나눈다면 그날 밤 몇 번이나 나눌지도. 그들 사이에 아무 일도 일어나지 않을 수도 있다. 의심하는 것은 자유다.

사랑 안에서 분명 무언가는 끝을 맞이할 것이다. 그런데 이 두 사람 사이에는 사랑이 있었고, 지금도 있다.

그들이 서로에게 가졌던 호기심, 서로를 서서히 덮으며 이어지는 파도와도 같은 애정, 수줍음을 물리치는 육체적인 쾌락. 침묵이 말을 이긴다는 옛말을 거론하지 않더라도, 과장된 표현을 하지 않고도 그들이 하나가 될 수 있었던 것은, 연인이자 어머니의 빈자리를 그녀가 채워주고, 연인이자 자신을 버린 첫 대상이기에 늘 목말라했던 아버지의 빈자리를 그가 채워주기 때문이다. 그리하여 나이 차는 장애물이 아니라 장점이 된다. 십 년 전 '불가능' 했던 것이 오늘은 가능했다. 나는 감히 장담한다. 그들은 사랑을 나눌 거라고.

그러지 않는다면, 그들은 아무것도 아닌 존재가 된다. 사랑이 없다면 우리는 아무것도 아니니.

에 . 필 . 로 . 그 .

나는 책을 덮고, 창유리와 집 너머 숲의 휘장 사이 허공을 바라보았다. 나비는 다시 보이지 않았다. 나비의 시간이 지났기 때문일 것이다. 곧 저녁이 찾아오고, 풀밭이나 수면 가까이에서 움직이던 새들이 빠르게 날아오를 것이다. 꾀꼬리와 명매기, 때로는 방울새나 때까치들이. 그들이 이동하는 것은 곧 비가 올 것이기 때문임을 나는 안다. 이 시간은 수년 동안 변치 않을, 내가 소중히 여기는 순간이다. 다가오는 밤에게 자리를 내주는 낮의 흔들림을 나는 사랑한다. 그리고 내가 무엇을 기다리는지, 내가 무엇을 듣는지 안다.

오후 여섯시다. 연주회 때문에 내일 일찍 떠나려면 가방을 싸놓아야 한다. 이제 사람들은 내가 거장의 반열에 이르렀다고 말한다. 그렇다. 마침내 그녀가 도달했다고들 쓴다. 그렇게 인정받기 위해 오랜 시간이 걸렸지만, 나는 내 재능을 풀어놓고 실마리를 찾는 일을 도와준 순간과 사람을 정확히 밝힐 수 있다. 연주여행을 다니다도 나는 이 숲 한가운데 호숫가의 내 집으로 끊임없이 되돌아온다. 바로 이곳에서 나는 세상에서 가장 아름다운 음악을 듣기 때문이다.

오솔길에 깔린 조약돌들을 밟고 걸어오는 아이의 발소리가 들린다. 발소리는 점점 빨라진다. 등뒤에서 문열리는 소리가 난다. 내 행복의 소리, 삶의 노래, 자그마한 발이 내는 명랑한 발소리가 내 곁으로 점점 빠르게 다가온다. 탁탁탁탁 울리는 그 소리는 언제나, 언제나, 내가 호숫가 벤치에 앉아 있을 때 파란색 교복을 입고

루체른의 나무다리로 달려갔던 소년의 발소리를 떠오르게 한다. 그것은 프란츠가 죽기 얼마 전에 남긴 내 아이의 발소리이다.

감사의 말

르노 카퓌송, 바이바 스크리드, 폴 메예르, 고티에 카퓌송, 아키 솔리에르, 베아트리스 뮈틀레에게

클라우디오 아바도와 르네 플레밍에게

어여쁜 바이올리니스트와 천재 소년의 사랑
또는 외로운 모든 사람들의 사랑

필립 라브로는 우리에게는 낯선 이름이지만 프랑스 독자들에게는 자전적 소설들의 작가와 기자, 뉴스 진행자, 라디오 방송국 사장, 샹송 작곡가, 영화감독 등으로 널리 알려진 성공한 작가이다.

1936년 8월 27일 프랑스 몽토방에서 태어난 그는 유복한 환경에서 어린 시절을 남프랑스에서, 청소년기는 파리에서 보내고, 열여덟 살에 미국으로 유학 가 저널리즘을 공부했다. 프랑스로 돌아와서는 라디오방송국의 기자로 세계 곳곳을 누비며 기사를 썼고, 1960년대에는 알제리 전쟁에도 참전했다.

이러한 인생 여정을 거치며 각 시기마다 체험하고 느

긴 경험과 인상들을 토대로 자전적인 소설들을 써냈다. 대표작으로 『소년』『열다섯』『외국인 학생』『서부에서 보낸 여름 한철』『파리의 초보자』『꺼지지 않은 불씨』 『횡단』『콜로라도』『일곱 번 넘어져도 여덟 번 일어서고』 등이 있다.

이 소설 『프란츠와 클라라』는 저자의 자전적 요소가 없이 순전히 지어낸 픽션으로 인간, 인생, 예술, 사랑에 대한 저자의 진지한 통찰과 섬세한 문체가 잘 드러난다. 『어린 왕자』『노인과 바다』처럼 짧은 명작들을 쓰고 싶었다던 작가의 바람이 담겨 있다.

『프란츠와 클라라』는 많은 점에서 다르지만 외로운 두 사람이 만나서 함께 시간을 보내며 인생에 대한 의문과 서로의 고통을 나누고 마침내는 스스로 기뻐하며 빠져들 수 있는 일을 향해 나아가고, 서로에게 결핍된 사랑을 채워나가는 모습을 간결하게 이야기한다.

소설 첫 부분, 어디선가 갑자기 날아온 나비처럼 인간은 가냘프고 덧없는 한 점과 같아 보이지만 '아무렇게나'가 아니라 자기 목적을 향해 끝까지 나아간다면, 결코 덧없지 않은, 자기 자신과 주변 사람들에게 기쁨을 주는 소중한 존재임을 소설은 잘 나타낸다.

사랑과 음악, 인생의 아름다움과 신비를 간결하면서도 섬세하게 표현한 이 책을 우리말로 옮기면서 무척 기뻤다. 번역하고 옮긴 글을 다듬어가면서, 어여쁘지만 마음의 상처를 안고 있는 스무 살의 클라라와 벌써부터 고독을 느끼는 천재 소년 프란츠가 나란히 앉아 마음의 평온을 찾고 대화를 나누었던 호숫가 벤치, 아름다운 바이올린 선율이 흘러나오고 수많은 사람들이 있는 가운데서 두 사람만이 교감했던 연주홀이 마음속에 그려졌다. 어린 나이임에도 불구하고 두 사람이 인생과 예술, 사랑에 대해 나누는 깊이 있는 이야기들에도 마음이 끌렸다. 혼자서는 외롭고 부족한 사람은, 사람과 만나 서로 다듬어나가고 부족한 부분을 채워줘야 한다는 동서고금의 진리를 새삼 깨닫게 해준 아름다운 사랑 이야기이다.

2010년 여름

박선주

지은이 **필립 라브로**

1936년 프랑스 몽토방에서 태어나, 대학에서 저널리즘을 공부했다. 방송국 기자, 텔레비전과 라디오 프로그램 진행자, 작곡가와 영화감독으로 활동했다. 『소년』『파리의 초보자』『꺼지지 않은 불씨』『일곱 번 넘어져도 여덟 번 일어서고』 등 자전적 색채가 짙은 소설을 주로 썼다. 『외국인 학생』으로 앵테랄리에 상을 수상했다.

옮긴이 **박선주**

세종대 국문과와 이화여대 통번역대학원 한불번역과를 졸업했다. 출판사 편집부에서 근무했고, 지금은 전문번역가로 활동중이다. 옮긴 책으로 『나에겐 네 명의 부모가 있어』『꿈처럼 자유로운』『사물들과 철학하기』『영화의 목소리』『머리는 좋은데 노력을 안 해요』『믿을 수만 있다면』『점무늬가 지워진 무당벌레들』 등이 있다.

문학동네 세계문학

프란츠와 클라라

초판 인쇄 2010년 7월 23일 | 초판 발행 2010년 8월 2일

지은이 필립 라브로 | 옮긴이 박선주 | 펴낸이 강병선
기획 김지연 | 책임편집 황문정 | 편집 김지연 | 독자 모니터 서윤이
디자인 엄혜리 이원경 | 저작권 김미정 한문숙
마케팅 정민호 김도윤 장선아 강병주 나해진 박보람 | 온라인 마케팅 이상혁 한민아
제작 안정숙 서동관 김애진 | 제작처 (주)상지사P&B

펴낸곳 (주)문학동네
출판등록 1993년 10월 22일 제406-2003-000045호
주소 413-756 경기도 파주시 교하읍 문발리 파주출판도시 513-8
전자우편 editor@munhak.com | 대표전화 031) 955-8888 | 팩스 031) 955-8855
문의전화 031) 955-3576(마케팅) 031) 955-2659(편집)
문학동네카페 http://cafe.naver.com/mhdn

ISBN 978-89-546-1175-6 03860

www.munhak.com